ミリオネアの償い

スーザン・メイアー 作

佐藤利恵 訳

ハーレクイン・イマージュ

東京・ロンドン・トロント・パリ・ニューヨーク・アテネ・アムステルダム
ハンブルク・ストックホルム・ミラノ・シドニー・マドリッド・ワルシャワ
ブダペスト・リオデジャネイロ・ルクセンブルク・フリブール・ムンバイ

MAID FOR THE MILLIONAIRE

by Susan Meier

Published by Harlequin K.K., Tokyo, 2011

◇作者の横顔

スーザン・メイアー　ペンシルベニア生まれ。夫と三人の子供とともに、今もそこに暮らす。販売員や弁護士秘書、地方新聞のコラムニストなどさまざまな職業を経て、現在は執筆に専念。大家族の中で育った経験や、職場でいろいろな人物と出会ったことが作品を書くうえで大いに役立っていると語る。

主要登場人物

リズ・ハーパー…………家事代行会社の経営者。
エリー・スワンソン……家事代行会社の従業員。リズの友人。
アイリーン・フランシス……慈善団体の代表。
アマンダ・グレイ………慈善団体の支援を受けている女性。
ビリー・グレイ…………アマンダの息子。
ケイン・ネスター………建設会社の最高経営責任者《CEO》。
アヴァ……………………ケインの秘書。

1

下着がピンクに？

ケイン・ネスターは顔をしかめて、もとは白かった綿のショーツを洗濯機にほうり込み、蓋《ふた》をたたきつけるように閉めた。くそっ！　やはり昨夜のうちにショッピングセンターに寄って、新しいのを買っておくべきだった。でも、プライベートジェットがマイアミに着陸したのはもう遅い時間だった。故郷のカンザス州にいたころは洗濯など飽きるほどしたが、信じられないことに、十二年の間にやり方をすっかり忘れて、下着をピンクにしてしまったのだ。

ケインは腰にタオルを巻いて、洗濯室からキッチンへ飛び出した。そのとき、勝手口が開いた。ハウスクリーニング会社〈ハッピー・メイド〉のトレードマークの黄色のひらひらしたエプロンが見えて、やはり秘書のアヴァのほうが一枚上手だとケインは思った。二月の初め、つまり三週間も前から、彼は家政婦なしで暮らしていた。アヴァが面接で選ぶ候補者にはなにかしら欠点があった。住み込みの家政婦選びはいくら慎重になってもなりすぎることはない。だが、清潔な下着が不足するようでは、限界がきていることは明らかだった。

そこで当座しのぎの対策をアヴァにまかせたところ、クリーニングサービスを頼んだというわけだ。だらしない姿を詫《わ》びようと家政婦の目を見たとたん、心臓が凍りついた。息がとまり、腿から力が抜けていく。

「リズ？」

黒い髪をうなじでまとめ、会わなかった三年間でいくらかやせてはいたが、猫を思わせるあのグリーンの目はすぐにわかった。

「ケイン？」

　無数の疑問がケインの脳裏をよぎったが、すぐに非難が取って代わった。彼女はかつて僕との結婚を機に、フィラデルフィアでの仕事を辞めてマイアミに移ってきた。今は家政婦をしているのか？　長期契約の家政婦ですらない。間に合わせの臨時雇いだ。

　それは僕のせいだ。

　ケインは唾《つば》をのんだ。「なんと言ったらいいのか」


　リズ・ハーパーはまばたきをして目の錯覚ではないことを確かめた。この日担当する一軒目のキッチンで、タオル一枚を巻いただけの姿で立っているのは別れた夫だった。彼のオニキスのような目は今でも、魂までも見通せそうな不思議な力がある。髪は今も短い。動きに合わせて隆起するみごとな筋肉も相変わらずだ。広い肩。盛りあがった胸筋。六つに割れた腹筋。そのすべてが今、目の前にある。

　リズは急に乾いた唇を湿した。「まずは〝裸で失礼、ちょっと二階へローブをとりに行ってくる〟と言えばいいんじゃないかしら」

　思いがけずケインが笑い、リズの記憶がどっとよみがえった。

　あの日、ダラスからフィラデルフィアへ向かう飛行機の中で二人は出会った。名刺を交換して、空港を出もしないうちに彼が携帯電話に連絡してきた……。その夜に一緒に食事をして以来、遠距離恋愛が始まった。マイアミの彼の自宅裏のビーチで初めて体を重ね、ラスベガスで衝動的に結婚した。

　そして今、私は別れた夫の家政婦というわけだ。女はそこまで落ちぶれるものなの？

　しかも私はこの仕事を断れる立場ではない。

「そうか。じゃあ、ちょっと二階へ――」

「あなたは――」

二人は同時に言いかけて、口をつぐんだ。石鹸《せっけん》の香りがほのかに漂い、ケインが今でも同じブランドを使っているのがわかった。記憶が次々とよみがえる。彼の手のぬくもり。真剣なキス。

リズは咳《せき》ばらいをした。「お先にどうぞ」

ケインは首を振った。「レディファーストだ」

「わかったわ」リズは息を吸った。秘密を打ち明ける必要はない。彼に夢を託すなんて愚かなことは二度としない。うまく調整すれば、仕事中に彼と顔を合わせずに済む。「このままだと困る？」

ケインはタオルを少し強く握った。「それは、僕が裸で突っ立っている間に、君が僕のために働いたり、その仕事についてしゃべったりすることか？」

リズの頬が熱くなった。薄いタオルの下になにもつけていないことを思い出して、興奮に血がわきたった。離婚後三年のほかのカップルなら、そんなことはばかげている。しかし、かつて二人には不思議な力が働いていた。現実的に考えても、その力が簡単に消えてなくなるはずがない。その威力ときたら、普段は分別のあるペンシルベニア娘に憧《あこが》れの仕事を辞めさせ、彼についてマイアミへ行かせてしまうほどだった。人見知りの実業家に心を開かせ、彼女を受け入れさせるほどだったのだ。

「新しい家政婦を雇うまで、私がここで働くことよ」リズはキッチンを指し示した。カウンターまわりには青銅色と褐色のカットガラスが張りめぐらされ、桜材のキャビネットとステンレス製の電化製品がアクセントになっている。「それだと困る？」

ケインはセラミックタイルの床に視線を落とし、そして彼女に目を戻した。「正直言って、気まずい」

「なぜ？　私がここへ来るのは、あなたがいないときよ。普段あなたは八時までにはオフィスに出ていると聞いたわ。今日はたまたまでくわしただけよ。それに、私にはこの仕事が必要なの！」

「だからこそ、僕は気まずいんだ」

　その言葉を聞いて、不思議な力で沸きたっていた血が、今度は怒りで煮えくり返った。「私を哀れんでいるの？」

　ケインは顔をしかめた。「違うよ。ただ――」

「あら失礼。ただ、なんなの？」リズは三歩でキッチン中央の大きなアイランドカウンターまで行った。「離婚して精神的にぼろぼろになったから、今は家政婦しかできないと思っているの？」

「つまり、その――」

　リズはさらに三歩進んで彼の前に立った。「私は〈ハッピー・メイド〉のオーナーよ。創業者なの」

　背が高いリズは、頭を少しうしろに傾けるだけでケインと目を合わせることができた。しかし、とたんに後悔した。ケインの目の陰りを見れば、二人が接近したことで、彼にも不思議な力の影響がよみがえったのがわかる。興奮と欲望でリズの体の奥がこわばった。喉がつまって、うまく息ができない。石鹸の香りをまともに嗅《か》いで、つらくもなつかしい記憶が一気に戻ってきた。

　ケインが離れて、目をそらした。「嘘《うそ》がうまいな」

「秘書に電話すればいいわ」声がかすれたのでリズは口をつぐみ、力強い声を出そうと大きく息を吸った。「彼女と契約を交わしたのは私よ」

「オーナーの君がなぜ僕の家を掃除する？」ケインは黙り込み、目を細めた。「さぐっているんだな」

「あなたを？　まさか。三年もたってから？」リズは不機嫌にふんと鼻を鳴らした。「あなたは世界一のうぬぼれ屋ね！　私はあなたの秘書を通して雇われたのよ。〈ケイン・コーポレーション〉の最高経《C》営責任者《EO》の家を掃除するためにね。私にはあなたの名前を言わなかった。彼女はあなたと〈ケイン・コーポレーション〉が結びつかなかったの。最後に社名を聞いたときは、〈ネスター建設〉だったから」

「〈ネスター建設〉は〈ケイン・コーポレーション〉の完全子会社だ」

「すごいじゃない」リズは彼に背を向けて、アイランドカウンターへ戻った。「ねえ、聞いて。うちの従業員は六人で、仕事は七人分ある。でも、それに必要な人員は雇えないし、八人分の仕事を請け負うまでは、私が事務仕事に専念するわけにはいかないのよ」その従業員を〈真の友《フレンド・インディード》〉という、人生をやり直す必要がある女性たちに仮の住まいを提供する慈善団体から雇っていることは伏せておいた。ケインは慈善事業に理解がない。なにより人生をやり直すという考えがわからないのだ。「どうしてもあと三十件は契約先が必要なの」

ケインが口笛を吹いた。

「マイアミほどの大都市なら無理ではないわ！」

「無理だという意味で口笛を吹いたんじゃないよ。感動したんだ。いつこの仕事を始めたんだい？」

「三年前よ」

「離婚したら会社を始めようと決めていたのか？」

「いいえ。家を出たあと、生活のために清掃の仕事について、それが発展したという感じよ」

「僕は離婚扶養料を支払うと申し出たのに」

「そんなものは欲しくなかったわ」リズは肩をいからせてケインの目を見た。しまった。彼の陰りをおびた目を見たせいで、サテンのシーツとベッドの中で過ごした日々の記憶がよみがえった。「一年後には、私ともう一人の正社員に見合うだけの仕事量になったわ。さらに半年後に従業員が四人になった。しばらくしてまた仕事が増えたので、二人増やした。そのときに、なにかすごい事業ができるんじゃないかと実感したのよ」

「だったら、このままでいいよ」

「いいの？」

「すばらしいアイデアがあって、成功を望む気持ちは理解できる」ケインは顔をそむけた。「それに、君が言うように、僕たちがでくわすことはないだろう」

「じゃあ、本当にいいのね？」

「ああ、いいよ」ケインは渋い顔をリズに向けた。「ひょっとして最初に洗濯をする？」

「なぜ？」

「下着の半数がピンクになったから」

リズは笑った。そして過去の光景と笑い声がよみがえり、時間のねじれの中にとらわれたような気がした。結婚が不幸な終わり方をしたせいで忘れていたが、今になって、急に楽しかったころのことばかりが思い出された。でも、それはよくないことだ。楽しさに突き動かされて、二人は友人たちを連れてラスベガスへ行き、駆け落ち同然に結婚式を挙げた。その〝楽しかったころ〟からあとの六年間は泣いてばかりだった。軽はずみな結婚からわずか数週間で、楽しい時間はほとんどなくなり、リズが彼のもとを去るころには、まったくなくなっていた。

そして今、リズは彼の家政婦をしている。

「残りの半数はどこかにまとめてあるの？」

ケインは親指で背後を指さした。「洗濯室に」

「洗いあがるまで一時間ほどだけど、時間をつぶせるような用事はある？」

「ある」

「じゃあ、仕事部屋か書斎か、寝室にでも行って、その用事をしてきてちょうだい」

「仕事部屋は家の奥だ」

「そう。じゃあ、私は洗濯を始めるわ」

一時間を少し過ぎたころ、ケインはオフィスがある自社ビルの前の駐車スペースにポルシェをとめた。車から飛びおりてロビーへ入っていき、奥にある専用エレベーターで最上階へ向かった。広いオフィスに着くと、ドアが開いた。

「アヴァ！」

ケインは自分のデスクへ歩いていき、途中で会議用の小さな円テーブルの上に書類鞄《かばん》を置いた。リズが洗濯機と乾燥機をまわしながら、掃除機をかけてまわる間、彼女のことはなんとか考えないでいた。リズの名誉のために言うが、彼女は仕事部屋にずかずか入ってきて、書類の上に洗濯済みのショーツをどさりと置いていくようなまねはしなかった。彼女はただ部屋に入ってきて、洗濯物はたたんでベッドの上に置いたとだけ告げた。しかし、黒いサテンのベッドカバーの上にきちんと置かれた洗濯物を見ると、よからぬ感情が体じゅうを駆けめぐった。

結婚したとき、彼女は洗濯は自分がすると言い張った。家政婦を雇うのを嫌い、専業主婦として夫の世話をした。

たたまれた洗濯物を見ているうちに、年月を飛び越えて過去に戻ってしまった。葬り去ったはずの思いが溶岩のようにわいてくる。あとにも先にもリズのように感情がかきたてられる女性とベッドをともにしたことはなかった。そして今、彼女がまた僕の家にいる。

それは絶対によくないことだ。かつて僕を敬愛した女と彼女を崇拝した男は、結婚生活の最後の一年間で信じがたいほどたがいを傷つけた。彼女は置き手紙すらせずに出ていき、弁護士を通して連絡してきた。僕の金を欲しがらず、別れの挨拶《あいさつ》もしたがらなかった。ただ僕と別れたがり、僕は彼女がいなくなったときには、ほっとした。だから僕たちは同じ部屋にいてはいけない！　それを承諾したことが自分でも信じられないが、裸同然ではお手上げだった。

ケインは下着を身につけて急いで服を着ながら、こっそり家を出なくてはとか、アヴァに電話をさせてほかの者を家によこすよう依頼するほうが賢明ではないかなどと考えた。しかし家を出るときには、約束どおりリズの姿はどこにも見当たらなかった。

「ちょっと知りたいんだが」背の低いふくよかな五十代の秘書がオフィスに入ってくると、ケインは尋ねた。「なぜ〈ハッピー・メイド〉を選んだんだ？」

「強い推薦があったのと、新規の顧客を受け付けていたからです」彼女は黒縁眼鏡の上からケインをじっと見た。「マイアミでいい家政婦を雇うのがどんなに大変か知っていますか？」

「とても大変らしいな。でなければ、今ごろうちには優秀な家政婦がいたはずだ」

「私はきちんと選んできましたよ。それをあなたが――」アヴァの表情が凍りついた。「家政婦が来たときに家にいたんですね？」

「タオル一枚で、洗濯室から出たところだった」

アヴァは胸に手をあてた。「申し訳ありません」

ケインはアヴァの顔をじっと見て、リズが元妻であることを知っているかどうかさぐったが、彼女の青い瞳は子猫のように邪念がなかった。

「四日間の旅のあとですもの、遅くまでお休みになっていることに気づくべきでした」アヴァは入口そばのソファに座り込んだ。「申し訳ありません」

「いいよ」

「よくありません、本当に。すみません。あなたが人見知りすることがわかっていたのに」アヴァははねるように立ちあがり、すたすたとケインのデスクへやってきた。「でも、悔やむのはやめましょう。もう済んだことです。二度とこのようなことは起こりませんから」話題を変えようと、彼女はデスクの上を指さした。「これは先週の郵便物です。こちらは留守番電話から書き起こしたもの。これは私が直接受けたメッセージ」彼女は顔を上げてほほえんだ。

「それから、家政婦には私から電話して、来週は九時まで来ないように言っておきます」

「彼女は問題ない」そう、彼女に問題はない。冷静になった今、ケインはまともな判断ができるようになっていた。今朝家を出るときにリズの姿が見えなかったのは、彼女も顔を合わせたくないからだ。リズは誠実な人だ。二度とでくわすことはないと言えば、全力でその言葉を守るだろう。少なくとも、そういうところは変わっていない。出ていったのは彼女のほうだが、結婚生活を破綻《はたん》させたのは僕だ。なにも問題がないのに、彼女をわずらわせたくない。すでに一生分の苦しみを与えてしまったのだから。

「いいえ、私に電話させてください」アヴァが甲高い声で言った。「あなたは人付き合いが大の苦手ですもの。それは私の仕事です。お忘れですか？」

「家政婦一人ぐらい、どうってことないさ」

アヴァがとまどいの表情を見せた。「本当に？」

その怪訝《けげん》そうな声を聞いて、ケインはなぜ疑問に思うのか尋ねたくなった。しかし、アヴァの言うことはもっともだった。彼女の仕事は、人あしらいに限らず、雑務から彼を解放することなのだ。

「彼女の相手はせずに済む。来週は七時半までに家を出るから。問題ないよ」

「わかりました」アヴァはしきりにうなずいたあと、逃げるように部屋を出ていった。

ケインは椅子の背にもたれて、頭の中に響くアヴァの言葉に顔をしかめた。僕が人付き合いが苦手だと言ったのは彼女の思い込みだろうか、それとも僕はそんなに付き合いにくい人間なのか？

どうでもいいことだ。仲よくする必要がある人々とはうまくやっているのだから。

ケインは郵便物に手を伸ばした。すべてアヴァが開封し、彼が経営する三社ごとに分けてあった。書類、手紙、次のプロジェクトの入札価格へと目を通していったが、最後の封筒は手つかずのままだった。

未開封なのは、差出人が彼の両親だったからだ。

もう過ぎてしまったが、今週はケインの誕生日だった。もちろん両親は忘れていなかった。それは妹も同じだろう。しかし、本人が忘れていた。

ケインはペーパーナイフで封を切り、気泡シートでぐるぐる巻きにされた写真立てを取り出した。過剰包装は父のしわざだ。ケインは包装を開いて写真が見えたところで、動きをとめた。

家族写真だ。

写真立てに貼《は》られた付箋《ふせん》には、〝デスクに置いてください。誕生日おめでとう〟と書かれている。

ケインは封筒に戻そうとしたが、できなかった。幸せそうにポーズをとる全員に目が引きつけられる。

晴れ着を着た両親、妹はよその家のごみ箱から拾ってきたような服を着ている。当時十六歳だったことを考えると、実際にそうだったのかもしれない。ケインはスーツ姿。同じくスーツを着た兄のトムは、ケインの肩に手をかけている。

〝困ったことがあったら、まず僕に電話しろ。父さんや母さんにではなく。僕が助けてやる。監視員たちへの報告はそのあとだ〟トムはよくそう言った。

ケインはふっと笑いをもらした。兄は冗談や言葉遊びが好きで、やさしくて寛大な両親のことをいつも監視員や警備員と呼んだ。そんなユーモアのセンスがある兄はどこへ行っても人気者になった。

ケインは写真立てを封筒に戻した。それをデスクに置くよう勧めることで、父が本当はなにを言いたいかがわかる。ネスター家でいちばんやさしくて、ユーモアのある賢い兄は、彼自身の結婚式の三日前、ケインとリズが駆け落ちしてからわずか三週間後に事故死した。あれから六年たった。そろそろ先へ進むべき時期だ、思い出して悲しむのではなく、なつかしむべき時期だと、父は言いたいのだ。

しかし、僕はまだそんな気持ちにはなれない。

そんな気持ちになど決してなれないかもしれない。

2

「嘘《うそ》でしょう？」食料雑貨が入った箱を〈フレンド・インディード〉所有の家へ運びながら、エリー・〝マジック〟・スワンソンがリズに顔を向けた。琥珀《こはく》色の目を満月のようにまるくしている。

「いいえ。その日の一軒目のお客が元夫だったの」

エリーにケインのことを話すつもりはなかったのに、リズはつい口をすべらせてしまった。エリーにはいつもそうだ。彼女は二十二歳。親切で頭がよくて、がんばり屋だ。悪い男にかかわってしまい、人生を変える必要があった。リズは彼女に仕事を与えたが、彼女とのかかわりで恩恵を受けたのは、エリーよりも自分のほうだった。人生のやり直しに望みをかけたエリーは、かけがえのない従業員になった。そういうこともあって、リズは〈フレンド・インディード〉に清掃と食料雑貨の配達サービスを提供するだけでなく、その保護施設に仮住まいする求職者全員に仕事を与えている。リズ自身、人生はやり直せると固く信じているからだ。

エリーが肩で裏口のドアを押し開けると、古びているが、整頓《せいとん》された清潔なキッチンが見えた。「どうしてそんなことに？」

「彼の秘書のアヴァが、〈ケイン・コーポレーション〉の最高経営責任者《CEO》の家の清掃を我が社に依頼してきたのよ」

「そのCEOが元夫だと知らなかったの？」

リズは食料雑貨が入った箱をカウンターに置いた。

「結婚していたころに彼が所有していたのは〈ネスター建設〉だけだった。三年間で手を広げたらしいわ。広い家にも引っ越していた」二人で暮らした海辺の家を彼が売ってしまったことにはなんとなく傷ついたが、そのほかのことには驚かなかった。兄を亡くしたあとの彼は、すっかり自分を見失い、気落ちして、以前にも増して仕事にのめり込んだ。きっと海辺のより広い家は目標達成のごほうびだろう。

　缶詰をしまいはじめていたエリーが、食品庫から出てきた。美しい顔にきびしくしわを寄せ、長いブロンドの巻き毛をゆらしている。「来週は私が彼の家を担当するわ」

「冗談でしょう？　私がおじけづいたと思われるわ」リズは親指で自分の胸を指した。「私が行く。それと、あなたに見せたいものがあるの」リズは肩からさげたバッグを開け、昨夜面接したリタという若い女性の履歴書を取り出してエリーに渡した。

「どう思う？」

「いいんじゃないかしら」エリーが履歴書から顔を上げた。「推薦者に問い合わせた？」

「ええ。ただ、〈フレンド・インディード〉の家に身を寄せているから、あなたが知っているかと思って」

　エリーは首を振った。「知らないわ」

「まあ、来週には知ることになるわ。ここの作業を終えたら、彼女と子供が使っている家に行って、うちの会社であなたと働いてもらうことを伝えるわ」

「私に彼女の指導をさせようというの？」

「私の目標は、自分は現場に出ずにオフィスにいることよ」オフィスといっても、デスクと椅子は中古品だし、エアコンはたまにしか効かないし、床のタイルは張り替えが必要なありさまだ。雑然とした部屋のいいところといえば、壁の明るい黄色のペイントと、自分で見つけてきた、床のほぼ全体をおおえる黄色と黒のラグマットくらいだ。でも〈フレンド・インディード〉にやってくる女性たちに比べれば、私の暮らし向きはずいぶんましだ。それに、彼女たちと働くことで生活の基盤を保つことができ、自分が得たものやこれまでの道のりをありがたく思える。母に連れられて、姉と妹とともに暴力的な父親から逃げてきたのは、そんなに昔のことではない。保護施設のおかげでやり直す機会を得て、母の人生だけでなく、私たち三姉妹の人生も変わった。「そのためには、あなたを副司令官にする教育を始めないとね」

カウンターの上の箱から缶詰を取り出しながら、エリーはふたたび顔を上げた。リズはほほえんだ。「昇進でお給料も上がるわよ」

エリーはぽかんと口を開けて缶詰を取り落とし、リズに駆け寄って抱きついた。「誰よりもいい仕事をするわ！」

「あなたならできるわ」

「それと、これは冗談じゃなくて、あなたの元夫の家は私が担当するわ」

「大丈夫よ。私の夫は暴力的ではなかったわ、忘れたの？　兄の死を悲しんで、よそよそしくなっただけ」リズは肩をすくめた。「それに、私たちが顔を合わせることはもうないわ。大丈夫よ」

エリーには安心させるようなことを言ったが、百パーセントの自信はなかった。ケインと顔を合わせることはなくても、彼の持ち物に触れたり、暮らしぶりを目にしたりして、古傷の口が開くことになる。でも、この仕事は必要だ。ケインや彼の秘書からの推薦は、顧客を増やすのに大いに役立つ。リズは事業を拡大したかった。人生をやり直したい女性たちを一人残らず雇えるようになりたかった。それを実現するには、もっと仕事を増やさなければならない。

リズとエリーは食料雑貨をしまいおえると、手早く家じゅうを掃除した。午後遅くには新しい家族が到着し、数週間をここで過ごして落ち着きを取り戻したのち、新たな人生を始める。

新しい住人の受け入れ準備が整ったことに満足すると、リズはエリーとともに〈ハッピー・メイド〉のワゴン車がとめてあるガレージへ向かった。ガレージへと続く階段を下りるうちに、自分が人生に満足し、幸せであることを思い出した。今は結婚していたときより賢く、自信がある。ケインの生活にかかわっても、きっとうまく対処できるだろう。

次の金曜日の朝、ケインの家の清掃をする時間になった。リズは彼の家から数軒離れたところにとめた〈ハッピー・メイド〉の鮮やかな黄色の車の中で、自分に言い聞かせた。なにを発見しても気にしない。戸棚の中が空っぽでも、彼が食事をしているかどうか心配しない。郵便物が未開封のまま置いてあっても、そのまわりの埃《ほこり》を払うだけにする。シーツの間にレースのショーツがあっても、やきもきしない。

気を引き締めて待っていると、ケインが黒いポルシェに乗ってガレージから私道へ出て、リズがいるのとは反対方向へ走り去った。先週顔を合わせたときに、幸せだったころのことを思い出したように、ポルシェに乗った彼の姿を見て、二人で海岸線をドライブしたことを思い出した。車の幌《ほろ》を上げて。あらゆる方向から風が髪に吹きつけてきていた。

リズはぎゅっと目をつぶった。私たちの結婚は最悪だった。彼は心を開かない仕事の虫だった。ほとんどしゃべらなくなったのは兄を亡くしたせいだけれど、結婚までの半年間で、彼が私ほどには二人の関係に熱心ではないと思わせる節はあった。予定のキャンセル。二人で過ごす週末よりも重要な会議。結婚を決めたことは衝動的で向こう見ずだった。恋人どうしだったときは、私がフィラデルフィアから訪ねていけば、少なくとも時間を作ろうと努力してくれた。私が妻になったとたんに、彼はもうその必要はないと考えて、私はみじめに一人ぼっちになった。二人で過ごしても、彼はそわそわして、明らかに会社やその時間にできたはずの仕事のことを考えていた。彼は無理してでも私を受け入れようとはしなかった。だったらなぜそれを思い出さないの？リズはもう一度気を引き締め、車を私道にとめて家に入った。先週も気づいたが、家の中には住人の個性を思わせるような写真や賞状や記念品がない。

周囲を見まわして、これなら見知らぬ人の家だと簡単に考えることができるとリズは思った。ケインのことを頭から追い出して、〝依頼人〟のために最善を尽くすことに集中し、てきぱきと掃除をした。それが終わると、ほかの仕事と変わりないというように、鍵《かぎ》をかけて立ち去った。

次の週は、〝私たちの〟すてきなポルシェでケインが出勤するところを見たのはよくなかったと判断して、訪問順を二番目に変更した。これで家に着くまでに彼は完全にいなくなっているはずだ。暗証番号を入力して警報装置を解除し、キッチンのドアの鍵を開けると、ふたたびケインのことを頭から消し去り、ここは知らない人の家だと思い込もうとした。

洗濯機に最初の洗濯物をほうり込んでいると、物音が聞こえたような気がした。手をとめて耳をすましたが、音はしない。キッチンへ戻ってみても、なにも聞こえない。気のせいだったと自分に言い聞かせ、食洗機に皿の山を入れてスイッチを入れた。

それからの一時間は、一階を掃除しながら、洗濯室までを何度か往復した。洗濯物をたたみおえると、桜材の階段を上がって二階へ行った。この家の主《あるじ》について考えずにいられることに気をよくして、軽くハミングしながら肩で主寝室のドアを開けたとたん、はっと息をのんだ。しまった！

「誰だ？」

ベッドから聞こえたしわがれ声は、ケインの声らしくなかった。しかし、薄暗い部屋の中でも、リズにはそれが彼だとわかった。

「私よ。リズよ。あなたの家を掃除しているの」

「リズ？」

弱々しい声を聞いて、リズはあわてて鏡台の上に洗濯物を置き、ベッドへ駆け寄った。彼の黒い髪は汗に濡《ぬ》れてぼさぼさだった。顎と頬は無精ひげでおおわれている。

「妻のリズか？」ケインはぼんやりと尋ねた。

「元妻よ」リズは彼の額に手をあてた。「ひどい熱！」

リズはバスルームに駆け込んで、シンクが二つある桜材の洗面台の引き出しをさぐり、役に立ちそうなものをさがした。さまざまな洗面用具にまぎれていたアスピリンをやっと見つけ、グラスに水をくんでベッドに戻った。

アスピリンを二錠と水を差し出した。「のんで」

ケインは薬を受け取ったが、なにも言わなかった。グラスを返して、リズの目を見つめた。濃い茶色の瞳は発熱のせいで潤んでいたので、彼が身を横たえてすぐにまた眠り込んでも驚かなかった。

リズはグラスを持って一階へ下り、シンクに置いた。ケインが寝室にいることは忘れなさいと自分に言い聞かせて掃除を終えたが、彼のようすを確かめずに立ち去るのは良心がとがめた。

寝室に戻ってみると、ケインはまだすやすやと眠っていた。額にもう一度手をあてて、リズは顔をしかめた。アスピリンをのんだのに、熱が下がっていない。それに、彼を一人にして帰るのは間違っている気がした。秘書に電話してもいいが、それもなんだか間違っている気がする。風邪が治るまで秘書が看病しなければいけないというわけでもないだろう。

厳密に言えば、元妻も同様だ。だが、少なくとも彼の家族は遠く離れたカンザス州にいるのだから、年配の秘書と元妻という二人の悪魔のうちでなら、私のほうがましだろう。

忍び足で寝室を出ると、リズはエプロンのポケットから携帯電話を取り出して、エリーに連絡した。

「もしもし、スウィーティ」エリーは発信者番号で相手が誰かわかったようだ。

「もしもし、エリー。リタは一緒にいる？」

「もちろん。いい仕事をしているわよ」

「よかった。今日の午後、彼女に仕事を代わってもらいたいの」

「彼女一人で？」

「問題ある？」

「いいえ。彼女なら立派にやってくれるわ」

「よかった」

「ねえ、ボス、どこにいるかはわかっているのよ。なにかいいことでも起きているんじゃないの？」

「べつになにも。午後に休暇をとることにしただけよ」嘘ではない。休みをとるだけだ。エリーが勘ぐっているような楽しいことをするわけでもない。

「あら、そうなの！　よかったじゃない」

「ええ。だから今日はこれから連絡がとれなくなるわ。ほかの人たちに電話して、なにか問題があれば、私ではなく、あなたに連絡するように指示して」

「まかせて、ボス！」エリーはそう言って笑った。

リズはほほえんだ。エリーが新しい責任ある立場を楽しんでいることがうれしかった。「じゃあ、明日ね」

リズは電話機を折りたたんで、キッチンへ歩いていった。ケインがちゃんと食事をとっているかどうかは気にしないと誓ったが、病気なのだから、チキンスープとオレンジジュースぐらいはとらなければ。どちらもなかったので、リズは財布と鍵を握って食料雑貨店へ行き、風邪薬とオレンジジュースとチキンスープとペーパーバックの本を買った。

風邪薬と本を除くすべてを片づけてから、食器棚からグラスを取り出し、忍び足で階段を上がった。寝室へ入ると、ケインが目を覚ました。

「リズか？」

「そうよ。風邪薬があるの。のむ？」

「ああ」

「よかった。起きて」

リズは一回分の薬をプラスチックの小さいグラスについで、差し出した。彼はどろりとしたシロップ剤をのみ、グラスを返して、ふたたび横になった。

バスルームへ薬をしまいに行くと、不安がわきあがった。ケインの看病をすれば、事態は悪い方向へ進むかもしれない。彼とまたかかわることが不安なのではない。つらい記憶がよみがえるだけなら、明日になれば、今日のことはすべて忘れられるだろう。

でも、私はケインをよく知っている。彼は人に借りを作ることが嫌いだ。私が長居したり、世話を焼きすぎたりすれば、彼は私に借りができたと考えるだろう。誰かに借りがあると思い込むと、彼はそれに執着する。恩義があると、引け目を感じる。彼は普段は弱い人間ではない。つまり、彼の看病には二重の危険がある。彼が引け目を感じるだけでなく、私はそういう彼を見ることになる。彼はきっとこの借りを返さずにはいられなくなるだろう。

もちろん、今の病状なら、今朝のことはほとんど記憶に残らないかもしれない。

それなら、すべてうまくいく。

ベッドをのぞき込んで、ケインが眠っていることを確かめたあと、リズは〈ハッピー・メイド〉のワゴン車へ行って、トランクからスウェットパンツとタンクトップをさがし出した。一階のバスルームで黄色い制服からそれに着替え、本とオレンジジュースを入れたグラスを持って書斎に入った。読書しやすいように、ソファにゆったり身を預ける。

それから一時間ごとに、ケインのようすを見に行った。ぐっすり眠っているのを確かめ、そっと寝室を出て書斎へ戻る。しかし、四回目に部屋を出てドアを閉めかけたとき、ケインに声をかけられた。

「どこへ行くんだ？」

リズはドアを開けて、ベッドに近づいた。「ケイン？　大丈夫？」

「大丈夫だ」ケインが起きあがった。「ベッドへ戻ってきてくれ」

高熱のせいで幻覚を見ているのか、過去と現在を混同しているのだと気づいて、リズはにっこりしてから、バスルームで水をくんできて、グラスをケインの唇に押しあてた。「少しずつ飲んで」

グラスを口にあてていると、ケインがリズの腿のうしろに手を添えて、自分のものだというように、その手をヒップへすべらせた。

リズはびっくりして水をこぼしそうになった。ケインと別れて以来、デートさえしたことがなかったので、男性の手がヒップに触れる感触は、どぎまぎすると同時にうれしくもあった。

ケインが彼女を見あげてほほえんだ。「よくなったよ」

魅惑的な軽い興奮が全身に渦巻いていることは無視して、リズは公平な看護師のような口調を努めた。

「あなたは幻覚を見ているのよ」

ケインはいとおしげにヒップを撫《な》でながら、熱で潤んだ目で物欲しげにリズを見あげた。「お願いだから。僕は本当に元気だよ。ベッドに戻って」

最後の言葉はかすれたささやき声で、そこに含まれる切望がまるで生き物のように、静かな部屋の中に忍び込んできた。ここにいるのはケインではない、とリズは自分に言い聞かせた。私と結婚していたケインは冷淡でよそよそしい人だった。しかし、彼には今目の前にいるような男性になってほしかったと認めざるをえない。愛情深い人。私を熱心に求めてくれる人。私といることを喜んでくれる人。

その考えはヒップに触れる手よりも恐ろしかった。もとはといえば、私が不幸な目にあったのは願望や期待を抱いたせいだ。ラスベガスで衝動的に結婚したのもそのせいだ。あのときの彼はとても愛情深く、やさしくて、楽しそうだった。だから私は愚かにも、遠距離恋愛でなくなれば、結婚すれば、旅行のたびにその一日目をおたがいに慣れるために費やす必要がなくなり、私といても、彼はリラックスして楽しめるだろうと思い込んでしまった。

そして三週間をともに過ごした。兄が亡くなり、ケインは〈ネスター建設〉を経営しながら、カンザス州にいる父親の仕事をEメールとテレビ会議を通して手伝わなくてはならなかった。彼にとって結婚生活は人生におけるもう一つの義務となり、負担となった。私は彼のお荷物になった。

リズはベッドから離れて背筋を伸ばした。私は誰のお荷物にもならない。もう二度と。

「眠るのよ」

リズは書斎に戻って本を読みはじめたが、寝室を出たい一心で、ケインに薬をのませるのを忘れたことに気づいた。寝室へ戻ったが、彼はすでに穏やかに眠っていたので、次に目覚めたときにすぐにのませることができるよう、窓際の椅子に腰を下ろして、背後のランプの薄明かりで本を読みはじめた。

ケインは人生最悪の夜から目を覚ました。枕《まくら》が汗で湿るほどの高熱の合間に、何度もひどい悪寒に襲われた。嘔吐《おうと》もした。体じゅうの筋肉が痛い。しかしそれは、最悪な部分の半分にもならなかった。夢にリズが出てきて熱をはかり、薬をのませてくれ、バスルームまで連れていってくれたのだ。

ケインはうめき声をあげ、上体を起こした。額にあてられたリズの手の感触や、彼女が身をかがめてきたときの香り、彼女が戻ってきたと想像するだけで押し寄せる切望など思い出したくもない。一言の説明もなく出ていった女のことを、どうして夢に見るのだろう？　僕のベッドにいたと思ったら、次の日にはなにも言わずに出ていった女のことを？

僕が愚かだったからだ。それが理由だ。彼女を失ったのは、僕が仕事ばかりして、彼女のために時間を割かず、兄のことで嘆き悲しんでいたからだ。彼女がどんなふうに出ていったにせよ、僕は彼女を責めることはできない。彼女に罪はない……。だから僕は今でも彼女を求めてしまうのだ。

目が慣れてくると、部屋の反対側からやわらかな光がもれてくることに気づいた。バスルームの明かりを消し忘れたに違いない。左に目を向けると、リズが読書椅子からこちらを眺めているのが見えた。

ケインは乾いた唇を湿した。彼女はとても美しい。バスルームからのほのかな光に照らされた姿は、この世のものとは思えない。ふわりとゆれる長い黒髪が、なめらかで完璧《かんぺき》な白い肌を引きたてている。

それにしても、彼女が僕の寝室にいるのはなぜだろう。三年前に離婚したのに。

「どうしてここにいるんだ？」ケインはきびしい口調で尋ねた。「どうやって家に入った？」

「私はあなたの家政婦よ。忘れたの？」

「ああ、そうか」ケインは目を閉じて横たわった。

「金曜日の朝に来たら、あなたが寝込んでいたの」

「金曜日の朝？」ケインはまた起きあがったが、こわばった体が痛むのか、うめき声をあげた。「今日は何曜日だ？」

「安心して。土曜日の早朝よ」

「君は一晩じゅう、ここにいたのか？」

リズはうなずいた。「あなたの具合がとても悪くて、置き去りにするのはためらわれたわ」

ケインは枕に背中を預けた。「誠実なリズか」

「だからこそ、大勢の人が私とうちの従業員を毎週家に入れて、掃除をさせてくれるのよ。本人より評判のほうが先行しているけどね」

少しうれしそうな声に、ケインはなつかしさを抑え込んだ。「僕は感謝するのが筋だろうな」

「どういたしまして」

「それと、君のヒップを撫でたことをあやまるよ」

「あら、覚えているの？」リズは笑った。ケインはそのやさしい笑い声に心がなごみ、かつて手に入れ、そして失ったものすべてを取り戻したくなった。ばかばかしい。僕は彼女を失った。すべては僕のせいだ。でも、失敗したことを悩みはしない。

「看病してくれてありがとう。でも、もう自分でなんとかできる」

「私を追い払うの？」

「恩赦だよ。刑務所から釈放されたと思えばいい」

「わかったわ」リズは椅子から立ちあがった。本を小わきに抱えてドアへ向かったが、途中で立ちどまって彼を振り返った。「本当に大丈夫？」

「大丈夫。絶好調だ」

「わかったわ」

リズがそっと部屋を出ていき、ドアが閉まると、ケインはうなだれた。彼女が掃除をしに来る日に風邪をひいたのは、運命のめぐり合わせだった。しかし、僕は愚かではない。リズに対する自分の反応を見れば、たとえ臨時雇いとしてでも、彼女が身近にいる生活がうまくいかないことは明らかだ。アヴァが長期契約の家政婦を見つけるまでの数週間は、思い出が次々にあふれ、激しい悲しみに圧倒されたり、過ぎ去った可能性に思いをはせたりするだろう。

リズを追い払うべきだ。僕の分別はそうしろと告げている。でも、彼女には借りがある。それは看病してもらったことだけではない。僕は彼女に結婚を迫ったりすべきではなかったのだ。

3

リズがやっとベッドに倒れ込んだときには、朝の五時になっていた。十一時ごろにかかってきたエリーからの電話で、先週末に〈フレンド・インディード〉の家に入居したアマンダ・グレイと子供たちをビーチに連れていくことを思い出した。

重い体を上掛けの下から引きずり出して、シャワーを浴びて目を覚ます。ショートパンツをはき、白いビキニの上に紺と白の縞《しま》模様のTシャツを着て、アマンダの仮住まいへ車で向かった。その私道には、すでにエリーの小さな青い車がとまっていた。リズは車を降りて、勝手口へまわった。

「ミセス・ハーパー！」リズが入っていくと、アマンダの三歳の娘のジョイが大喜びで飛びはねた。するとリズは凍りついたように動きをとめた。

アマンダと子供たちが保護施設に来たとき、リズも受け入れ委員会の一員だったが、このときになって初めて、自分の子供が生きていたら、ジョイと同い年であることに気づいた。

私の子供。

胸が張り裂けそうだ。私には今ごろ子供がいるはずだった。でも、いない。私は子供を失った。結婚生活を失った。ほんの一瞬と思えるほど短い間に、すべてを失ったのだ。

ごくりと音をたてて、リズは喉にこみあげる塊をのみくだした。自己憐憫《れんびん》に襲われるとは予想外だった。それは無用な感情だ。ケインと長い時間を過ごしたせいで、自分の赤ん坊とジョイを結びつけて考えてしまったのだ。でも、だからといって自分を哀れむ必要はない。流産したのは三年前。セラピーは受けた。子供は欲しかったけれど、しかたなく気持ちを切り替えた。

赤毛に青い瞳で長身のアマンダが娘の間違いを指摘した。「ミセスではなく、ミズ・ハーパーよ」

「いいのよ」リズはキッチンへ入っていった。こういうことはなんとしても切り抜けなければならない。元夫と同じ街で働くつもりなら、彼のことは避けられない。そしてなにより、自分の子と同い年の子供たちを避けるのはとても無理だ。その両方と接触を持つことが、立ち直るための新たな局面なのかもしれない。「いいにおいね」

「フレンチトーストを作ったの」エリーがガスレンジのそばに立っていた。「食べる？」

「いいえ。遅くなるから」リズはエリーに持ってくるように言っておいたピクニック用のバスケットをのぞき込んだ。「ビーチに着いたら、あなたが持ってきたフルーツを食べるわ」

「そうね」エリーはエプロンをはずして食品庫に吊《つ》るした。「じゃあ、準備オーケーよ」

アマンダが廊下のほうを向いた。「ビリーを連れてくるわ」

十六歳のビリーは、一台の車がビーチの公共駐車場でとまったとたんに逃げてしまった。それを予想していたアマンダは、バレーボールをしている同年代の子供たちのほうへ走っていく息子の背中に手を振った。

それからの数時間、アマンダとエリーとリズは、注目を独り占めにしてわくわくしているジョイと砂の城を作って過ごした。四時をまわったころ、エリーとアマンダは砂遊びをやめて、パラソルの下に食事の用意をした。

ジョイがにこにことリズを見あげて尋ねた。「お砂遊びは好き？」

リズは愛らしい天使のような女の子を見おろした。

風がブロンドの細い髪をもてあそぶ。青い目がきらきらしている。リズはすでに平常心を取り戻し、人生に起きたあの特別な悲しみを受け入れていた。そこがリズとケインの違うところだった。彼女は喪失に折り合いをつけた。喪失のせいで人とつながりが持てない人間にはならなかった。

「私はこのビーチが大好きなの。ここで一緒に遊べるお友達ができてうれしいわ」

ジョイは熱心にうなずいた。「私も！」

リズたちはエリーが持ってきたサンドイッチとフルーツを食べた。その後ジョイはパラソルの下で眠り込んだ。アマンダはくつろいだようすで、幸せそうに娘の隣に横たわって目をつぶっている。

「それで、昨日はなにをしたの？」昨日はなにかいつもと違うことが起きたのは知っているという口ぶりで、エリーがリズに尋ねた。

リズはエリーに目を向けた。彼女にはなんでもわかる第六感でもあるのかしら？「べつに」

「あら、よく言うわ。休みなんてとったことがなかったじゃないの。なにかあったとわかるわよ」

リズは日焼け止めを塗ることに専念した。なにか話すまでエリーがほうっておいてくれないのはわかっている。「友達の看病をしていたの」

エリーが楽しげにリズを小突いた。「そうなの？　その友達って誰？」

「ただの友達よ」

「男ね！」

「男だなんて言ってないわ」

エリーは笑った。「言う必要ないわ。名前もくわしいことも言わないことが、私が正しいっていう証拠よ」

それにどう反論しろというの？

エリーがリズの肩を抱き締めた。「やるわね」

「大騒ぎしないで」

エリーが陽気に笑った。「休みをとっただけでなく男と一緒だったのに、大騒ぎするなですって？」

「そうよ。だって、二度と彼とは会わないから」

「どうしてわかるの？」

「そのくらいわかるわよ」

「だったらいいわ」エリーは目を閉じて、大げさに顔にしわを寄せている。

「なにをしているの？」

「あなたがその人とまた会えるように祈ってるの」

「そんなことはしたくないかもよ」

「あら、そんなことないわ」

「その人は私の別れた夫なの」

エリーはぱっと目を開けた。「まあ、リズ！　なんてこと。お祈りする前に言ってくれなくちゃ。私のお祈りがどんなに効くか知っているでしょう」

「だから今言ったの。取り消してちょうだい」

「無理よ」

「取り消さないと、お祈りの成功記録がストップするわよ。だって、彼とは二度と会わないんだもの」

愚かにも、リズは自分の口にした言葉で悲しくなった。かつてはケインを全身全霊で愛した。しかし、彼は兄を亡くして、自分の殻に閉じこもってしまった。リズは彼のそばにいようとしたし、彼が苦しみに折り合いをつけて殻から抜け出してきたときに、そばにいようとした。でも、彼はそうならなかった。そしてある日、リズは妊娠に気がついた。ケインには子供を持つ心の準備ができていないと思い、何週間か報告するのを待った。妊娠が進めば、彼も実感がわいて、喜んでくれるかもしれないと期待して。

しかし、彼に告げる機会がないまま流産し、とたんに自分自身がおかしくなってしまった。助けが必要なことはわかった。せめて話し相手が必要だった。でも、ケインには話せなかった。大切な小さな命を失ったことを軽くあしらわれたら、耐えられない。

だから家を出たのだ。結婚生活はどうせだめになっていた。すでにわかっていることを、流産が指摘してくれただけだ。彼は心を開いてくれないと。

結婚生活に終止符を打ったことは正しかった。リズはセラピーを受け、前へ進んで、自力で人生をすばらしいものにした。

そして、彼も前へ進んでいた。ずっと望んでいた成功を手に入れた。

なにも悲しむことはない。

リズはその日の大半をジョイと一緒に海で過ごした。そうするうちに、流産のことも、元夫のことも頭から消えた。それからの一週間、たまになにかの拍子に短期間の妊娠か絶望的な結婚のことを思い出しはしたが、自分を哀れみたくなる衝動を断固として抑え込み、とうとう金曜日を迎えた。ケインの家を掃除しに行くことにためらいはなかった。過去は過去だ。私は前へ進んだ。未来へ向かって。

ケインはすでに出勤しただろうと思って、リズは〈ハッピー・メイド〉の車を彼の家の私道に乗り入れ、元気よく車を降りてキッチンに入っていった。

しかし、ドアから鍵《かぎ》を抜いて振り返ったとき、ワッフルの山を見おろしているケインが目に入った。

「おはよう」

リズは動けなかった。

二人は顔を合わせないことになっている。だから、私はこの仕事を失わずに済んだのだ。ところが、掃除に来た四回のうち三回は、彼が家にいた。彼はいつの間にか、私が忘れなければならなかった記憶を、ずっと前になくしたと思った感情をよみがえらせてしまった。今、またしても彼が家にいる。

それでも、リズはそれについて文句を言うつもりはなかった。さりげなく言葉を交わしながら、キッチンの反対側のドアへ歩いていき、部屋を出て、家の別のところを掃除しに行けばいい。

「あなたは本当におなかがすいているのね」

ケインは笑った。「そうだよ。でも、これは君の分だ。先週助けてくれたお礼だよ」

リズはぴたりと足をとめた。こうなることは予想するべきだったし、実際に予想していた。彼が借りを作るのが嫌いなことは知っている。

リズは静かに息を吸った。運命のラスベガス旅行以来、ワッフルは口にしていない。その大きな理由は、あの楽しい時間を思い出したくないからだ。

「お礼なんてしなくていいのに」

「わかってるよ。でも、僕はしたいんだ」

「お礼は言ったわ。言葉だけでじゅうぶんよ」

ケインはため息をついた。「ただ座って、ワッフルを食べろよ」

「いらないわ！」その一言があまりに腹立たしげだったので、リズはそれをやわらげようとほほえんだ。

「ありがとう。でも、いらないわ」

二人は少しの間見つめ合った。ケインは私がなぜ一緒に朝食をとろうとしないのか、わかっていない。かつて一度だけワッフルを一緒に食べたときは、とても幸せだった。だからこそ、彼はワッフルを選んだのだろうか？

リズは後悔した。でも、後悔なんてくだらない感情だ。私は彼を変えることはできない。彼との子供を失ったという事実は変えられない。それに、彼がいい人になったと信じ込まされるのはごめんだ。信じれば、もっとつらい思いをするだけだから。

リズは背を向けて歩いていった。「あなたが食べている間、私は二階から掃除を始めるわね」

ケインはお礼のワッフルを断られたことを気にしていないふりをした。職場で多忙にしていれば、記憶を遮断するのは簡単だった。しかし、土曜日の朝にヨットで沖に出て、一人で考えごとをする以外にすることがないと、みじめな気分だった。

リズは間違いなく世界一やさしい女性だ。その彼女を僕は傷つけた。愛想よく朝食をともにしてもらえないほど傷つけたのだ。

三年前にリズが出ていったとき、ケインは少しだけ良心がとがめたものの、ほっとした部分は大きかった。だが、すぐにどちらの感情も仕事の下にうもれさせてしまった。いつものように。でも、海の上で、顔に太陽の光を浴びて、真実に心を乱されているうちに、彼女に償いをしなければならないという気持ちになった。性急な結婚、二人で過ごした悲惨な三年間、つらい離婚、その後に彼女が味わった苦しみ、すべてについて。

礼を拒まれたことで、彼女が大げさな意思表示を望んでいないことはわかった。それでも、彼女のためになにかをすることで、僕は良心の痛みをやわらげる必要がある。ただし、彼女にはそれと悟られないように。

日曜日の朝、ケインはアヴァからリズの電話番号を聞き出し、彼女に電話してみた。会話は十分もあればいい。彼は人々が欲しいものや必要なものを把握するのがとても得意だ。さらに、そこで得た知識を使って交渉し、自分が欲しいものを手に入れる。それは相手がリズでも変わらない。ケインは良心の痛みをやわらげたかった。そのためには、彼女がなにを必要としているかを突きとめて、それを満たすだけでいい。もちろん、自分の名前は明かさずに。そうすれば良心の痛みはなくなる。彼女の人生から手を引くことができるし、二人はたがいのいないところで築いてきた新しい人生に戻ることができる。

留守番電話が応答したので、ケインは月曜日の朝にもう一度かけてみた。それも留守番電話につながった。返事が来ないメッセージをたくさん残して恥をかきたくないので、金曜日まで待った。リズは電話に出てくれず、先週作った朝食も口にしてくれなかった。でも、僕が、僕の家の中で話をしたがれば、彼女は避けられないだろう。

　自分が家にいるとわかれば彼女が入ってこないかもしれないと気づき、ケインは警報器の解除を知らせる断続的なブザー音がしなくなるまで姿を隠し、勝手口の開閉音が聞こえてからキッチンに入った。

「リズ」

　黄色いエプロン姿の女性が振り返った。「ミスター・ネスターですか？」

「ああ、失礼」

　うまくいかないものだな！　彼女はお礼のワッフルを断って、僕からの電話を無視したあげくに、今度はほかの誰かを送り込んだのか？

　ケインは息を吸って怒りを抑え、もう一度リズの従業員にあやまってから、車でオフィスへ向かった。忍び足で歩きまわるのは終わりだ。今度は僕のやり方に彼女を付き合わせてやる。

　ケインは、一週間の終わりにはリズと従業員が報告業務や給料の受け取りでオフィスに戻るだろうと予想して、五時台のスケジュールを空けた。そしてアヴァから〈ハッピー・メイド〉の住所を聞き出すと、黒いポルシェに飛び乗った。

　二十分で到着するつもりが、渋滞で四十分もかかってしまった。〈ハッピー・メイド〉が入っているオフィスビルに到着すると、黄色いエプロン姿の女性たちがぞろぞろ出てくるのが見えた。ケインはすばやく駐車スペースを見つけたが、エンジンを切る前に、リズが緑色の車で彼のそばを通り過ぎた。

　くそっ！

　ケインはポルシェのシフトレバーを力まかせに動かし、エンジンをうならせて駐車場を出た。リズの家まで追いかけることがいい考えかはよくわからなかった。彼女はプライバシーの侵害だととらえるかもしれない。だが、ワッフルを断られた記憶がうるさくよみがえり、さらに彼女が従業員を派遣したときの落胆が火に油を注いだ今この瞬間は、善悪などどうでもよかった。

　必要なのは十分間だけだ。それなのに、彼女はその十分間すら与えてくれない。だから奪い取らなければならない。彼女の家の玄関先にいることをどう説明するかはわからないが、ちょうどいい話題がある。一言もなく結婚生活を捨てた理由を、冷静に、やさしく尋ねるのだ。あれから三年が過ぎた。もはやデリケートな話題ではないだろう。少なくとも僕にとっては違う。彼女が出ていった理由は知っている。僕がひどい夫だったからだ。彼女も胸の中にたまったものをぶちまけたいはずだ。

　ケインはにんまりした。僕は天才だ。リズは性格からして、わめいたり暴言を吐いたりしない。怒りさえしない。おそらく、一緒に暮らすには僕は最悪な人間だったから、僕のもとを去ったのだと穏やかに言うだろう。僕は謙虚に同意して、言い争うことなく、本当に関係を終わらせたいと態度で示すのだ。そうやっている間に、彼女の家のようすを観察して、彼女にとってなにが重要か、なにが必要かの手がかりをさがす。それでわかったものを彼女に与えることができれば、僕の良心から痛みが消える。

　ケインはリズの車の二台うしろにつけて、渋滞を縫うように進んだ。マイアミでも下位の中産層が暮らす地区に彼女の車が入っても、驚かなかった。彼女は労働者階級に分類される。それは二人の結婚にストレスが多かった原因の一つだった。彼女は自分の殻から出ることを恐れた。ケインの裕福な友人たちにふさわしくないことを言ったり、妙な行動をとったりすることを恐れた。パーティを計画することさえこわがった。

　リズは質素な家の私道に車をとめて降りた。一台分しかスペースのないガレージの中へ入っていき、姿が見えなくなると、ケインは彼女の車のうしろに駐車した。

少しの間、呼吸を整えて、考えをまとめた。まずは、ワッフルを作ったときの無礼を詫《わ》びる。次に、二人の間を白紙に戻したいと強調する。今になって考えると、それは本心だった。僕は自分たちを前へ進ませるためにここにいるのだ。それからが僕の得意分野だ。彼女の生活環境を観察し、話に心から耳を傾け、彼女のためになにができるかを突きとめる。

何度か穏やかに呼吸したあと、ケインは車を降りて、セメントのひび割れた歩道を歩きだした。彼は驚くほど冷静になっていた。ドアのチャイムを鳴らしたあと、三歳くらいの幼女が出てくるまでは。

「ママ！」幼女が叫び、くるりと背を向けて暗い玄関の奥へ駆け戻った。「知らない人だよ！」

ケインは目をしばたたいた。ぽかんと口を開ける。おまけに不安で全身が凍りついたように動かない。リズに子供が？　年齢的に考えて……僕の子か？

そうか。そういうことなら、彼女がなにも言わずに出ていった理由の説明がつく。僕を避けた理由も。

リズと見知らぬ赤毛の女性が玄関へ続く廊下に走り出た。赤毛の女性が幼女を自分の背後に押しやった。そのしぐさから、幼女はリズの子ではなく、その女性の子であることは明らかだった。

たくましすぎる想像力をたしなめながら、ケインは無理やり呼吸を落ち着かせたが、危険なほど速くなりすぎた鼓動は簡単にはしずまらなかった。

リズは戦う気満々で駆けつけた。彼女は数十センチ手前まで来て、やっとケインだと気づいた。

「まあ、あなただったの」大きく息をついて、リズは赤毛の女性に向き直った。「元夫のケインよ」

ケインはショックからまだ立ち直りきれずに、あわてて言った。「先週のワッフルのことをあやまりに来たんだ」

「お詫びの言葉は受け取ったわ。もう帰って」

「いや、まだだ。つまり、今日は僕の家にほかの従業員をよこさなくてもよかっただろうに」面食らって舌がもつれた。なに一つうまく言えていない。銀行員におべっかを使い、労働組合の代表たちをうまく言いくるめ、部品の製造会社と価格交渉をするのに役立った自制心はどこに行った？

どこにもない。それが答えだ。なぜなら、リズは銀行員でも、労働組合の代表でも、部品製造会社の人間でもないからだ。彼女は普通の人だ。僕の元妻だ。一時しのぎに雇った家政婦がリズだとわかった日に、アヴァに言われた言葉が今になって理解できた。僕は普通の人と普通の会話をするのが苦手だ。僕の本領はビジネスだ。だから僕には私生活がない。

それでも、彼女と話す必要がある。

ケインは首のうしろをさすった。「十分間くれないか？」

「なんのために？」

ケインは思い切り魅力的にほほえんだ。これは仕事上の会話だと思い込むことにした。そうすれば、自制心を取り戻せるだろう。「十分間だ、リズ。それだけでいい」

リズはため息をついて、隣にいる女性を見た。

女性は肩をすくめた。「中庭《パティオ》でどうぞ」

ケインは顔色を変えた。「ここは君の家じゃないのか？」

「ええ、違うわ」

ケインは動揺して目をつぶり、そして赤毛の女性に挨拶《あいさつ》した。「失礼しました。ミズ——」

「アマンダよ」女性は肩をすくめた。「それに、気にしないで。ここは私の家でもないから」

「では、誰の家なんですか？」

リズはついてくるよう身ぶりで示して、廊下の先にあるキッチンに入った。「パティオで説明するわ」

青い大きな目の幼女も、ガラスの引き戸までついてきた。リズは外に出る前に立ちどまって、幼女に合わせて身をかがめた。

「ジョイ、ママのところにいなさい。いいわね？」

ジョイははにかんでにっこりすると、うなずいた。

リズはほほえんで、幼女をぎゅっと抱き締めてから立ちあがった。ケインの胸に意外な考えがよぎった。結婚していたときには一度も考えたことのなかったことだ。リズはすばらしい母親になるだろう。彼女は子供を欲しがっていた。それを知りながら、兄が亡くなってからは、そのことを一度も話し合わなかった。だから彼女はなにも言わずに出ていったのか？　もしもそれが……子供を持つことが、彼女にとってもっとも重要なことだとしたら、どうやって償えるというんだ？

リズはケインを見ずに言った。「こっちよ」

石造りのパティオには、パラソルがついた安物のテーブルが置かれていた。プールもなければ、作り付けの屋外キッチンもない。小さなガスグリルが一台あるだけだ。

リズがテーブルの椅子に座ったので、ケインもそうした。「ここは誰の家なんだ？」

「持ち主は慈善団体よ」リズは声をひそめて、彼に聞こえるように体を傾けた。「ねえ、ケイン、あまりくわしいことは言えないの。話せるのは、この家は人生をやり直す必要がある女性のために、慈善団体が所有しているということよ。そういう女性たちは、自立できるまで、こういう家で過ごすの」

その言葉の真の意味を読み取るのに、たいして頭を働かせる必要はなかった。ケインはけわしい顔をした。「彼女は虐待を受けたのか？」

リズは手を振って彼を黙らせ、小声で言った。

「そうよ」さらに声をひそめて付け加えた。「依頼人の前でこの話はしたくないわ。彼女たちにはほかの人と同じように、落ち着いた生活を送らせたいの。慈善団体の支援を受けた人としてではなく。私たちは支援者ではなく友達だと思ってもらいたいのよ」

ケインもリズのほうへ体を傾けた。シャンプーの香りがして、なめらかな肌に手を伸ばしたくなった。飛行機で初めて出会ったときも、彼女はこんなふうだった。やさしくて、親切で、内気で、あまり話したがらない。だから、彼女について聞き出さなければならなかった。

あの日は、普通の会話がうまくできた。彼女と愛し合いたいがために、口下手を乗り越えたのだ。

ケインはうなじをさすった。リズがすぐそばにいて、いい香りがするからといって、こんなことを思い出すのは、この女性がかつては自分の妻だったと思うと興奮で体がざわめく身としては、都合が悪い。

彼は咳《せき》ばらいをした。「これは慈善活動なのか？」

「そうよ」リズは顔をしかめた。

「君はここでなにをしているんだ？」

「〈フレンド・インディード〉の家が空いたときに、〈ハッピー・メイド〉が無料で掃除をして、戸棚に食料雑貨を入れるの。私は慈善団体の役員で、新居に迎え入れた女性が慣れるまでの手伝いをするの」

ケインは黙り込み、リズの話を頭の中で整理した。僕は目的を達成した。無料で清掃し、食料雑貨まで買っているとなると、彼女がこの慈善活動に打ち込んでいることは明らかだ。僕が〈フレンド・インディード〉のためにすることは、彼女に対する親切行為になる。つまり、多額の寄付をすればいいだけだ。それで僕のうしろめたさはなくなる。

それがわかれば、もう話すことはない。

ケインは大きく息をついて立ちあがった。「時間をとらせて悪かった」

リズはとまどって額にしわを寄せ、彼と一緒に立ちあがった。「話をしたかったはずでしょう」

「もう終わった」ケインはキッチンへ戻って玄関から帰る代わりに、建物をぐるりと囲む私道へ続いていそうな狭い歩道を見つけて、そちらへ向かった。リズを困惑させたことにはふたたび良心が痛んだが、気にしないことにした。それを埋め合わせる以上の金額を寄付しよう。

月曜日の朝、ケインはアヴァに〈フレンド・インディード〉を調べさせた。初めは慈善団体としての名称と所在地ぐらいしかわからなかった。そこでケインが電話で寄付を申し出ると、道が開きはじめた。秘密に包まれてはいるが、その慈善団体が実在することはわかったので、金曜日の朝にアヴァに小切手を書かせて、理事長の自宅に届けさせた。数時間後にアヴァはくすくす笑いながら戻ってきた。

「アイリーン・フランシスが会いたいそうです」

ケインは書類から目を上げた。「僕に？」

「私はあなたの指示で小切手を届けに行ったときに、いつもするように熱弁をふるったんです。功績に感心して支援したいけれど、名前は明かしたくないとね。すると彼女が、会うまでは小切手を受け取らないと言ったんです」

ケインは眉根を寄せた。「本当に？」

「たしかにそう言いましたよ」

「しかし……」まったく。なんだってリズに関することはなにもかもが複雑になるんだ？「なぜ僕と会いたがるんだろう？」

「お礼を言うためかしら？」

ケインは困ってうめいた。「礼なんていいのに」

アヴァは肩をすくめた。「私はメッセージをお伝えするだけです」彼女は小切手と一枚の名刺をケインのデスクに置いた。「これが住所です。今夜八時にそこへおいでくださるとうれしいとのことです」

ケインはさっと名刺をつかみ、ごみ箱にほうり込もうとして思いとどまった。あと少しで、悲惨な結婚の罪滅ぼしができる。父がカンザスの家業を売却して引退する前、僕はどんなにがんばっても兄の死を補うだけの働きはできなかった。両親はトムの死を事故だと受け入れ、やっと僕も受け入れた。ある程度は。事故にあった車を運転していた僕は、いつまでも責任を感じるだろう。あの罪悪感は絶対に消えない。でも、あれが事故だったのはわかっている。

　だが、不幸な結婚は事故ではない。僕がリズを誘惑して、その気にさせた。彼女より性的経験が豊富だった僕は、二人に働く不思議な力を利用した。彼女に勝ち目はなかった。

　だから、僕はその罪滅ぼしをしなければならない。やっと負い目から解放されるというのに、風変わりな要求があっただけで、もうあきらめるのか？

4

　リズは〈フレンド・インディード〉の経理を請け負う会計事務所の会議室で、毎月第一金曜日に開かれる理事会のためにメモをとる用意をしていた。〈フレンド・インディード〉はオフィスを持っていない。というのも、あまり使わないのにオフィスを借りて、お金を無駄にしたくないからだ。実際の仕事は現場にある。

　理事長を務めるアイリーン・フランシスは社交界の有名人で、ブロンドの髪をした五十代のにこやかな女性だった。彼女はテーブルの上座でロンことロナルド・ジョンソンとおしゃべりをしている。この地元の男性の娘は、別れたボーイフレンドに殺された。〈フレンド・インディード〉の発案者はロンだが、彼の夢を実現できたのはアイリーンの財力と強い影響力のおかげだった。

　ロンの隣は、フラワーショップのチェーン店のオーナーであるローズ・シュワルツ。その隣はリバティ・マイヤーズ、そしてリズの隣がビル・ブラウンだ。理事会のメンバーは十六人だが、日々の判断のほとんどは六名の執行部が行っている。

　誰かがリズの背後から部屋に入ってきて、みんなが静かになった。アイリーンが立ちあがるのと、リズが振り返って入口に立つケインを見つけたのは、ほぼ同時だった。

「あなたはケイン・ネスターね」

　彼はうなずいた。

　アイリーンはほほえんで、みんなのほうを向いた。

「皆さん、こちらはケイン・ネスター。〈ケイン・コーポレーション〉の最高経営責任者《CEO》です。今夜は私たちを訪ねてくださいました」

　リズの心にショックと困惑がさざなみのように広がった。三年間会わなかったのに、急に行く先々に彼が現れるようになった！　彼をここに来させたのは私だ。アマンダの家まで彼がついてきたときに、この団体名を教えてしまった。看病に対するお礼のチャンスをいまだに求めているとは信じがたいけれど、どうやら彼はそのつもりらしい。迷惑だわ。彼のことは忘れた。だから忘れたままでいたいのに！

「適当にお座りください」アイリーンがテーブルの端の空いた席を指し示した。

　ケインは動かなかった。「ミズ・フランシス――」

　アイリーンがやさしくほほえんだ。「アイリーンと呼んでください」

「アイリーン、二人で話せますか？」

「実は私、理事会のメンバー抜きでは、〈フレンド・インディード〉に関する話や活動はしないんです。だから、あなたに会いに来ていただいたの。会議を始めてよろしければ、あなたからの寄付について皆さんにお話を――」

リズは眉をひそめた。彼が寄付をしたですって？私の慈善団体に？

「寄付の件は内密にとお伝えしたはずですが」

「〈フレンド・インディード〉に関することはすべて秘密です」アイリーンは室内をぐるりと示した。「この団体に関することが理事会の外にもれることはありません。このテーブルについている六人の中だけでおさめる事柄もあります。けれど、私たちの中で隠しごとはしません。でも、あなたがこの会議に出ていただけないなら、寄付はお断りするつもりだと報告します」

ケインは呆然《ぼうぜん》と彼女を見た。「なんですって？」

「ミスター・ネスター、ご寄付はありがたいのですが、本当に必要なのはあなたの協力です」アイリーンはゆっくりとドアへ歩いていった。「すでに申しあげたとおり、〈フレンド・インディード〉に関することはすべて秘密です。それはその必要があるからです。私たちは暴力的な夫や恋人から逃げてきた女性に住まいを提供しますからね」彼女は愛想よくほほえんで、ケインの腕に腕をすべらせて部屋の中へ導いた。「彼女たちの安全のために、私たちは完全な匿名性を約束します。しかしそのせいで、建物の修理を安易に建築会社に頼めません。その結果、いくつかの建物は壊れてひどい状態なのです」

リズはアイリーンの意図を理解して、居ずまいを正した。この団体が必要としているのは、お金よりも、技術を持った、信頼のおけるボランティアだ。

「あなたの小切手の金額はすばらしいものです。しかし、私たちに本当に必要なのは協力です。本気でこの団体のためになにかをしたいとお考えなら、あなたの時間を提供してください」

ケインはちらりとリズを見てから、アイリーンのほうを向いた。「どういう意味ですか?」

「私たちのために働いていただきたいの」

ケインはもう一度リズを見た。リズの肌はほてり、心拍数が二倍にはねあがった。彼は本気で検討している。

私のために。

リズは温かい気持ちになった。彼はこういうことを一切したことがない。看病のお礼にしては、やりすぎだ。彼が気がねなくできるのは、せいぜい寄付金を出すところまで。匿名でなら、どんなに高額でもぽんと出すだろう。でも、〈フレンド・インディード〉が必要としているのは彼の協力だ。

ケインのまなざしを受けとめながら、リズは彼の目に葛藤《かっとう》を見て取った。彼は時間を割いて、普通の人々と働かなければならない。なぜなら〈フレンド・インディード〉の関係者が同席しなければならないからだ。虐待を受けた女性の家に、部外者が一人で行くことはできない。

彼の寄付金は受け入れられなかった。まだ私のためになにかをしたいのなら、時間を割かなければならない。それは彼にはなかなかできないことだ。

ケインはリズから目をそらさずに言った。「僕はなにをすればいいんですか?」

リズはゆっくりとほほえんだ。感謝の気持ちをこめて。

「リズ? 彼はなにをすればいいの?」アイリーンが言った。

リズはアイリーンのほうを向いた。「ケインは学生時代、夏休みに建築業のアルバイトをして学費をまかなっていました。数週間前にアマンダが入居した家には修繕が必要な箇所がたくさんあります」

「建築現場で作業をしたのは何年も前のことです。建物を見てみないと、なにも約束できません」

アイリーンは大喜びでぱちんと手を打ち鳴らした。

「それもそうね。リズにその家へ案内させましょう」

リズはどきりとした。私でなくてもいいのに。

「私は行けるかどうか……」

リズが口を開くと同時に、ケインも言った。「その必要はありません」

「私たちはあなたをよく知りません」アイリーンがきびしい口調で言った。「依頼人家族の安全のため、理事会の者を常に同伴していただきたいのです」彼女はリズに顔を向けた。「リズ、あなたはアマンダが入居してから毎週末訪ねているし、ケインとは知り合いのようね。明日、アマンダの家に彼を連れていくのはあなたが適任だわ」彼女はリズにほほえんだ。「よろしくね」

やれやれ。ケインに建築業の経験があることを口にするべきではなかった。でも、彼がみずから協力してくれることには驚いたし、ありがたかった。自分の役目を拒むなんて、私はどうかしているか、意地が悪いんだわ。

「わかりました」

アイリーンはケインを席につかせたが、リズは一度も彼のほうを見なかった。彼の協力という贈り物に感謝することと、彼とともに過ごすことへの困惑は別の話だ。それに、ほんの数時間の看病に対する礼のために、実際に彼が肉体労働をすると考えると、なんだか違和感がある。

それについては考えないことにしよう。明日は彼と過ごさなければならない。おそらく数時間を。やさしく、楽しくばかりもしていられない。そうかといって、彼に腹を立てるわけにもいかない。私にとって大きな意味のある慈善事業のために、大変な協力をしてくれるのだから。

二人でいるのは彼も気まずいだろうけれど、楽な気持ちで協力してもらえるようにしなければ。たとえば、友達と奉仕活動をするみたいに。

そう考えて、リズは眉間《みけん》にしわを寄せた。私たちが友達だったことはない。熱愛中の恋人。冷えきった夫婦。離婚で傷ついた二人。でも、友達だったことはない。友達になろうとしたこともなかった。

ひょっとして、友達になることが、問題だらけだった結婚から立ち直る現実的な方法なの？　たとえほんの数時間でも、過去は過去として、これからは助け合おうと愛想よくふるまうことが？

翌朝、リズがアマンダの家に到着したとき、すでにケインは来ていた。黒いポルシェではなく、〈ネスター建設〉の古い赤いトラックの中で待っていた。

彼を友達として扱うという決意どおり、リズはほほえんでトラックの荷台をたたいた。「まあ、久しぶりに見たわ」

ケインが歩いてくると、リズはほほえみが消えると同時に、わずかに口が開くのがわかった。彼のTシャツには気づいていたが、ジーンズ姿に不意を突かれた。とても若く見える。できる男という感じで、すごく……セクシーだ。

これからは友達どうしであることを思い出して、リズは咳《せき》ばらいをした。二人は慈善事業のために一緒に作業をする善良な人々だ。

「いつもは〈ケイン・コーポレーション〉のトラックを使うんだ」ケインはにっこりした。「でも、僕が〈ネスター建設〉をやっていたころは、このトラックが僕のだった」彼はタイヤをたたいた。

リズは歩道のほうを向いた。「行きましょう。こっちよ」

リズは玄関のドアをノックした。出てきたのはジョイだったが、その数十センチうしろにアマンダがいた。彼女はくすくす笑っている三歳の娘をつかまえて抱きあげた。「ごめんなさいね」

リズは笑った。「おはよう、ジョイ」通り過ぎざまに少女の頬をやさしくつまんだ。

ジョイは母親の首に顔をうずめた。「おはよう」

アマンダはじろりとケインに目を向けた。「そちらはケインね？」

「先日は失礼しました」

「気にしないで。コーヒーでもいかが？」

ケインはリズに目を向けた。

リズはみんなにキッチンへ入るよう合図した。

「ぜひいただくわ」

アマンダがスイングドアの向こうに消えると、リズはケインの腕をつかんで引き戻した。

「彼女からなにか勧められたら、受け入れてね。私たちのところへ来る女性の多くは自信をなくしているに等しいの。人に勧めるためのコーヒーやドーナツを用意してあることが自信につながるのよ。だから、なんであれ、勧められたものは食べてあげて」

ケインがおどおどと自信なさそうにうなずいたので、リズははっとした。彼との付き合いの中で初めて、彼がまだ気づいていないあることに気づいた。

ケインは私を必要としているのだ。

二人の目が合った。

リズは彼を励まそうとしてほほえんだ。

それに応《こた》えるように、彼の口角がゆっくり上がると、表情全体ががらりと変わった。目のまわりにしわが寄り、まなざしがやさしくなった。

急に廊下が狭く、静かに感じられた。この男性をどんなに愛していたかという記憶がちらりとよぎった。一歩前へ出れば、てのひらで彼の頬を包める。彼に触れることができる。もう一度肌の感触を味わえる。かつて二人が絆《きずな》を感じた唯一の方法で、つながりを感じることができる。触れ合える。

しかし、一度触れたら、必ず次、また次となってしまう。二人を結びつけた唯一の方法がセックスだったのは、そういう理由かもしれない。友達になる機会はなかった。たがいを知る機会を自分たちに与えなかったのだ。

悲しいことだわ、本当に。

リズは前へ出る代わりにうしろへ下がり、ドアを指し示した。「先に行って」

ケインは首を振り、深みのあるハスキーな声で言った。「いや、君が先だ」

そのときケインも、リズと同じように心を動かされていた。一瞬、リズは動くことも、呼吸をすることもできなかった。それは、彼がお礼にこだわる理由に思いあたったからだ。彼も性的に惹《ひ》かれ合う不思議な力を忘れていなかった。夫婦としてはうまくいかなかったが、二人は最高の恋人どうしだった。もしも彼が誘惑するための第一歩として、この〝お礼〟を利用し、親切ぶっているのだとしたら？

嫌悪感がこみあげた。彼は初対面でもためらわなかった。私をマイアミに来させるため、彼のベッドに誘い込むために、するべきことをすべてした。私をラスベガスに連れ出して誘惑し、結婚させたことを含め、私を口説くためにしたことに比べれば、奉仕活動などたいしたことではない。

とはいえ、あれから六年だ。私はそれほど愚かではないし、それほど若くもない。未熟でもない。ケインには私を口説くずうずうしさがあるにしても、そのきっかけを〈フレンド・インディード〉に求めれば、やがて仕事を請け負う羽目になるだろう。それでも彼は契約を果たさなければならない。ただし、私を口説くという目的は果たされないだろう。

リズはスイングドアのほうへ向かった。ケインがそのあとに続いた。キッチンではすでにコーヒーの入ったマグカップが三つ、テーブルに置かれていた。汚れ一つない室内はメイプルシロップの香りがした。アマンダは、娘に喜んで朝食を用意するタイプの女性のようだ。

ケインは食卓についた。「この時間を利用して、修理が必要な箇所について話そう」

「あなたが作業をするの？」

リズはアマンダを安心させようと彼女の手を握った。「そうよ。ケインは学費を稼ぐために、建築現場で働いたことがあるの」

「それとバーテンダーと食料雑貨店の店員もやった。ウエイターと遊園地の売り子もやったな」ケインは、椅子に腰を下ろしたアマンダにほほえんだ。「学校は四年間もあったからね」

アマンダが笑った。

リズは手を引っ込めた。「だから、修理が必要なところを挙げてみて」

「まずは、水道関係」

ケインはTシャツのポケットからメモ帳を取り出した。「それから？」

「幅木がなくなっているところがいくつかあるわ。それと一番目の寝室の天井に水もれの染みがある」

ケインはメモ帳から目を上げずに言った。「それはまずいな」

「ほとんどの壁は塗り直しが必要よ」

「それは君たちに手伝ってもらうよ」

リズはためらった。ケインと同じ部屋で過ごすことに同意したくなかったが、修理箇所のリストを見る限り、彼の作業は数時間で済みそうもなかった。彼が何日かここに来るなら、リズもいることになる。進行状況を見守るためにいなければならないとしたら、手を動かすことがあったほうがいいだろう。手伝えば、彼と過ごす時間も早く終わることになる。

「いいわ」

アマンダが修理箇所を挙げるのをやめたので、ケインはやっと顔を上げた。「それで終わり？」

「もうじゅうぶんじゃないかしら？」

「たしかにずいぶんあるな」ケインは顔をしかめた。

「水もれの染みが屋根の雨もりならやっかいだ」

「なぜ？」

ケインがリズと目を合わせた。彼の目はとてもやさしく、表情は真剣だった。いい仕事をしたいが、正直に言わざるをえないという顔だ。

リズはそんな彼を一度だけ見たことがあった。あれは、彼が開きたがっていた仕事仲間を招いての盛大なクリスマスパーティを、彼女が計画できないと告げたときだ。失敗するのがこわかったのだ。ふさわしくないことや、つまらないことをして、夫婦で恥をかくことを恐れた。初め彼は怒ったが、すぐに顔から怒りが消え、今と同じ表情になった。夫が必要とすることを妻ができないことに彼は落胆したが、それでもパーティを開きたいと正直に認めずにはいられなかった。そこで彼は、パーティを計画してくれる業者を雇った。

ケインはたいしたことではないというように、それを乗り越えた。しかし、妻に対する落胆は尾を引いた。今でも、夫婦としての相性がよくないことを、彼は承知しているはずだ。私以上に、ケインだって、なにかを一緒に始めたいとは思わないだろう。どんなに体の相性がよくても、彼がここにいるのは私を誘惑するためではない。そんなことを考えた自分がちょっと愚かに思える。

「屋根は一人では直せないんだ。作業員を連れてきても数日はかかる。最低でも週末はつぶれる」ケインはアマンダを見た。「でも、作業員は僕が慎重に選ぶよ」

アマンダがリズに目を向けた。

「アイリーンに相談するわ。でも、ケインは信用していいのよ。彼は秘密裏にやる方法を考えると言えば、それを実行するわ。仕事に関しては信頼できる。それに、作業を週末だけにして、あなたはその間に子供たちをビーチかどこかへ連れていってもかまわないわ。そばにいなくていいのよ」

アマンダはうなずいた。「わかったわ」

「さてと」ケインが立ちあがった。「作業箇所を確認して、それから大工用品店へ行ってくる」

「トイレは直った。シャワーも全部出る」ケインはペーパータオルで手をふきながら、キッチンに入ってきた。

アマンダは昼食にグリルチーズサンドイッチとトマトスープを作った。リズはすでに席についている。アマンダは楽しそうに料理を並べていた。ケインが座ると、リズはほほえみかけた。元夫でも、不思議な力の影響を受ける男性でもなく、修理業者としてふるまう彼と家の中を歩きまわったあとなので、リズは彼が誘惑計画の一環でここへ来たと考えた自分がちょっといやになった。きっかけは看病のお礼だったかもしれないが、今ここにいる彼がいい仕事をしたがっていることは間違いない。

「午後はペンキ塗りをするの？」

「新しい幅木を張る前にペンキを塗りたい。すべての部屋に塗り直しが必要だから、数日はかかりそうだ。食べたら、すぐに取りかかろう」

「わかったわ」

リズはアマンダが渡した大皿からサンドイッチを一つとって、皿をケインに渡した。順調だ。くつろいだ雰囲気。この調子でいけば、ますます自信がついて、彼がそばにいても、落ち着いていられる。

「天井は僕が塗る」ケインはサンドイッチを三つとった。「君たちは壁をやってくれ」

アマンダは表情を曇らせた。「ごめんなさい。ジョイをお友達と遊ばせる約束なの。こんなにすぐに手伝いが必要になると思わなかったから」

「かまわないわ。ケインと私の二人で大丈夫よ」

　リズは心からそう思ったが、それもアマンダとジョイがいなくなるまでのことだった。リズとケインは七・五リットルのペンキとトレイ二枚、数本の刷《は》毛《け》とローラーとともに、二人きりになった。どうして運命はこんなふうに私を試さなければいけないの？　彼がそばにいても落ち着いていられるようになったからといって、そう思ってから一時間後に試されなければいけないことにはならない。

「どういう手順で塗るの？」リズは不安な気持ちで、彼からさっと離れた。

「まずは不要なところにペンキがつかないように、窓とドアと残っている幅木にマスキングテープを貼《は》る」ケインは二人きりでも困っていないかのように、木の窓枠にすばやくテープを貼った。

「上手ね。十数年ぶりとは思えないわ」

「自転車と一緒だ。自然と思い出すものさ」

彼は落ち着いている。私を仕事仲間としか見ていない。私もそれに合わせればいい。

「そうね。でも、あなたはこのために生まれてきたみたいよ。もうやらないなんてもったいないわ」

「今の役職も重要なんだよ」ケインは振り返った。「こっちへ来てくれ。どんなに簡単か教えるから」

　リズが窓に近づくと、ケインは彼女を窓の正面に立たせて、テープを渡した。

「テープの端を枠のいちばん上に貼りつけて、下にころがすだけだ」

　リズは教わったとおりにしたが、テープが内側に曲がって、うまくいかなかった。

「こうやるんだ」ケインは彼女の手をつかんで、テープのころがし方を教えた。

　リズはほとんど見ていなかった。背中にケインの胸があたり、腕と腕がこすれるうちに、彼女の中で昔の感情がよみがえった。ケインの香りが漂ってきて、リズは目をつぶった。こんなに感情をかき乱される男性には出会ったことがない。体を回転させて、彼に身を寄せ、抱きついて、大きな体の感触を楽しみたい。

リズは身をこわばらせた。こういうことを乗り越えなくてはいけない！　彼が私を仕事仲間として扱えるなら、私だって彼を友達のように扱えるわ。

まるで動じていないようすで、ケインは体を離して、ペンキをとりに行った。一枚目のトレイに灰色のペンキを流し入れ、二枚目には白を入れた。

「僕は天井を塗る。君は壁だ。でも、先に僕が壁と天井の境目の部分を塗る」ケインは灰色のペンキのトレイを顎で指し示した。「君はそれとローラーで思い切り壁を塗ってくれ。ただし、境目の部分は避けること」

「わかったわ」リズはなんとか明るく気さくに言ったが、心は乱れていた。とくに、彼がとても紳士的に見えてからは。これまでずっと、彼が私に惹かれているから、それに刺激されて、私も彼に惹かれるのだと思ってきた。今はそうとも言えなくなっている。もちろん、彼はまだ私に惹かれているはずだ。ただ、彼はそれに影響されていない。

私だって影響されるものですか！

それからの十分間、二人は黙りこくった。ケインは刷毛を手に、信じられないほどまっすぐきれいな線を壁のいちばん上に塗り、リズがうっかり灰色のペンキを天井につけないようにした。

ほどほどにしゃべらないと、一日が終わるまでに沈黙でどうにかなりそうだと思い、リズは言った。

「どうすればそんなに早く、上手に塗れるの？」

「たくさん練習するんだよ。僕が四年連続で夏にこういう仕事をしたことをお忘れなく。それで建設会社を経営したいと思ったんだ。あらゆることについてやり方を学んだから、計画書や仕様書を読めば、そこに含まれる作業がわかったんだ」

「なるほど」その話は聞いたことがあるが、自分が事業主となった今なら理解できるし、答えを返せる。「ある意味、私が清掃業を始めたのも同じ理由ね。従業員になにを要求されるかがわかれば、どの仕事に誰を選び、なにをまかせるべきかが容易にわかるわ」

「君はよくやったよ」

ケインにほめられると、リズは胸がいっぱいになった。夫婦だった三年間、彼は容姿以外にほめてくれたことはなかった。彼はリズの外見や香り、やわらかな手触りを愛した。でも、それ以外は気にもとめなかった。

リズは咳ばらいをした。「ありがとう」

ケインは天井を塗りながら静かに言った。「この作業は一日では終わらない。二週間以上かかる」

リズは手をとめた。「本当に？」

「週末しかできないから、一カ月はかかりそうだ。だから、僕たちはずっと一緒にいることになる」

「逃げるつもり？」

「違うよ！」ケインは即答し、ペンキ塗りの手をとめてリズのほうを向いた。「でも、君の扱いにちょっと困っていることは言っておかないとな」

リズはほっとした。誘惑されたくはないが、自分だけが相手の魅力と戦っているという状況はいやだったのだ。「私は友達としてふるまおうと考えたの」

「僕にはその方法がわからない」

「あなたは私を仕事仲間として扱ってきたわ。それでいいんじゃない？　妻だったことを忘れるの」

ケインに目を向けられて、リズの肺からすっかり空気が抜けてしまった。じっと見つめてくるその目は、どうすれば夫婦だったことを、深い仲だったことを忘れられるのかと問いかけるようだ。

それが私たちの問題の核心なのでは？　彼を見るたびに、私の中のなにかが活気づく。三年間セックスのことなど考えずに暮らしてきたのに、彼と同じ部屋にいると、体がほてって、あおいで冷まさなければならない。

リズは咳ばらいをした。「水を飲みたいわ。あなたも飲む？」

「ああ、頼む」

リズはキッチンへ行って、冷蔵庫から水のボトルを二本取り出した。冷たいボトルを頬にあてる。三月下旬のフロリダ南部は暑くなることもあるが、ケインと同じ部屋にいると、よけいに暑くなることがわかってきた。

それでも、〈フレンド・インディード〉には彼の協力が必要だ。

リズは気を取り直して居間へ戻ったが、入口でぴたりと足をとめた。ケインが彼女に背を向けて、手を伸ばして天井を塗っていた。Ｔシャツが筋肉にぴたりと張りつき、ジーンズがきれいにヒップの形を描き出している。リズはごくりと唾《つば》をのんだ。一緒にシャワーを浴びて、シーツの中でからみ合った記憶がさっと脳裏をよぎった。

リズはもう一度水のボトルを頬にあてて、ふさわしくない記憶をわきへ押しやり、彼の背後に近づいた。

「はい、お水」

ケインが急に振り返り、ペンキのしずくがリズの鼻にぽたぽた垂れた。

「おっと！ ごめん。声にびっくりしたんだ」

「大丈夫よ」

ケインが腰ポケットからハンカチを取り出した。

「ふいてあげるよ」

彼はリズの頭が動かないように大きな手で顎をつかみ、ハンカチで鼻をふいた。記憶が一気によみがえった。キスをしたときのこと。ビーチで笑い、走って家に戻り、とても刺激的に愛し合って、眠りについたこと。

ケインはまばたきをした。手がとまった。リズが感じていることすべてが、彼の目に表れた。

世界がリズのためにとまった。ケインと目を合わせたまま、彼がなにを思い出しているかをはっきり感じ取り、脳裏にあふれ出す記憶のせいで激しく打つ鼓動を感じながら、彼女は動くことも、呼吸することもできなかった。

十秒間、リズにはキスされるという絶対の確信があった。背伸びをしてキスを受け入れたいという強い衝動と全力で戦った。しかし結局、ケインが身を引いて、手をわきに下ろした。

ケインは壁のほうを向いて言った。「あと二十分で天井は終わる。ダイニングルームの窓にマスキングテープを貼りに行ってくれたら、向こうの部屋も今日じゅうに終わりそうだ」

リズはうしろへ下がった。「わかったわ」さらにドアのほうへあとずさりする。「水を忘れないでね」

ケインは顔を上げなかった。「わかった」

リズはほっとした。彼はキスをする絶好のチャンスがありながら、身を引いた。

恋人ではなく、友達になりたがっているのは私だけではないし、変わったのも私だけではない。

リズがいなくなると、ケインは床に下りた。古い石造りの暖炉に寄りかかり、片手で顔を撫《な》でた。

彼女にキスしてもおかしくなかった。いつもの不思議な力のせいではない。幸せな記憶に駆りたてられたからでもない。僕がキスしたかったからだ。結婚していたころのリズは、ほとんど家を離れなかった。今の彼女は会社を経営し、進んで慈善事業に参加し、自信にあふれ、自立している。そういう新しい人間的魅力と満ちたりたベッドでの記憶とがあいまって、どうしてもリズに惹かれてしまう。

しかし、僕が一線を越えそうになる決め手となったのは、愛することをやめられないというような、僕を見るときの彼女の目だった。僕が求めるものを彼女も求めているかのような目。僕と同じように、全身を期待にわきたたせ、心を開いて懇願しているかのようだった。

不幸な結婚の原因が自分にあることはずっとわかっていた。そして年齢を重ねて賢くなった今になって、関係を改善したくなった。しかし、二度と彼女を傷つけたくない。彼女の目には信頼が見て取れた。僕が正しいことをすると期待しているのだ。

正しいこととは、リズをほうっておくことだ。彼女には彼女の人生を進ませてあげること、彼女に運命づけられた成功をおさめさせてあげることだ。

その一方で僕は、リズを自分の女だと考えつづけ、彼女を取り戻したがっている。

でも、それが不可能なのはわかっている。

5

二人が作業をしている間に、アマンダとジョイが帰宅し、バーベキューの準備をした。鼻にぴりっとくるバーベキューソースのにおいが一階から漂ってきて、やっとリズはアマンダが料理をしていることに気づき、そのにおいに誘われて中庭《パティオ》に出た。それからまもなく、ケインも出てきた。

「これはなんのにおいだ?」

アマンダが笑った。「私の母直伝のスペシャル・バーベキューソースよ。座って。準備ができたわ」

パラソルつきのテーブルの上には、紙皿とプラスチック製のナイフやフォーク類が並べられていた。ポテトサラダが入ったボウル、その隣にベイクドビーンズ。バスケットにはロールパンが入っている。

一生懸命に働いておなかがぺこぺこだったので、リズは躊躇《ちゅうちょ》せずに席についたが、ケインは迷った。リズは独身男が家庭料理を断れるはずはないと思ったが、彼とキスしそうになったことを思い出した。二人の目が合い、ケインが目をそらした。リズには彼がなにを考えているのか見当がついた。二人で作業することがどんどんむずかしくなっている。それは一緒にいる時間が長くなれば長くなるほど、誘惑に駆られるからだ。でも、キスしなかったことで、彼がここにいるのは慈善事業に協力するためだと証明された。私をベッドに取り戻すためではない。

つまり、二人とも誘惑には乗らないということだ。ただしケインは、私も彼と同じように、誘惑を乗り越える決心をしていることを知らない。

彼にそれを態度で示すべきなのかしら？

「いらっしゃいよ、ケイン。すごくいいにおいだもの、断るのは無理よ」

ケインが目を合わせてきたので、リズは励ますようにほほえみ、万事順調だという顔をしてみせた。

ケインはテーブルに近づいた。「そうだな。食べ物を買って帰るつもりだったから、なおさらだよ」

彼はリズの両隣をアマンダとジョイのために空けて、向かい側に座った。

「ビリーは？」

「お友達とビーチにいるわ」アマンダがなにげなく言い、ふと口をつぐんで、にっこりした。「こういう話ができることがこんなに楽しいなんて、あなたたちには信じられないでしょうね。私たちはいつも夫のリックの反応にびくびくして、ほとんど話をしなかったの。ビリーの居場所を言うだけで、口論が始まるのよ」彼女は首を振った。「まともな暮らしじゃなかったわ」

「ああ、たしかにそうだね」

ケインの言葉を耳にして、リズは彼のほうへ顔を向けた。彼はそういう個人的な話を好む人でもないし、同情的な口調も意外だった。

「自分よりも弱い者に暴力をふるう男は人間のくずだ」ケインは声をやわらげ、アマンダを見た。「あなたが無事でよかった」

リズは突然理解した。ケインは悪い人だったわけではなく、単に忙しすぎたのだ。目の前でなにかが起こりでもしない限り、立ちどまってまで注意を払うことがなかった。アマンダと子供たちは、彼にとってもはや〝案件〟ではなく、名前と顔と生活のある人々になっている。それだけでなく、彼は心から心配しているようだ。

そうはいっても、その会話はジョイが聞くには深刻すぎる内容になりかねない。「ねえ、もう終わったことよ」リズはジョイのほうを向いた。「お友達と遊んで、どうだったの？」

ジョイはテーブルの上に身を乗り出した。「楽しかったよ。マディは猫を飼ってるの」

「大きなお化けみたいな猫よ！」アマンダが言った。「初めて見たときは犬だと思ったわ」

みんなが笑った。

「猫を飼ってる？」ジョイがリズに尋ねた。

「いいえ。猫はだめなの。アレルギー体質だから」

「猫に近寄れないという意味よ。近づくと、くしゃみが出るの」アマンダがケインにベイクドビーンズのボウルを渡しながら、ジョイに説明した。

「君がアレルギー体質だなんて知らなかったな」

ケインが割って入った。言葉はやさしくて、きびしさや非難めいたところはなかったが、リズは動揺し、彼とは仕事仲間以上の関係にはなれない理由をもう一つ思い出した。彼女には猫アレルギーよりも大きな秘密があるのだ。父親から虐待を受けていたことは、ケインと出会った日からの秘密だった。それに加えて、ケインの子を身ごもり、流産したことは告げていない。

アマンダがいなければ、今が話すときかもしれなかった。ケインとはそれなりに楽しい午後を過ごしてきた。二人とも、男女の仲にはならず、友達になろうとしていることを、言葉ではなく態度で示した。そのおかげで、誠実な絆《きずな》のようなものもできた。だから、彼の子供について話すにはちょうどいい時期だったろう。

でも、今は二人きりではない。

リズはまわってきたチキン料理の大皿に注意を向けた。「あなたも私も猫を飼っていなかったから、話題にのぼらなかったのよ」

ケインはあっさり納得したが、長い間一緒に過ごした結果が思いがけないものになって、リズはとても残念だった。彼が善良な普通の人のようにふるまい、欲望をもたらす不思議な力に負けずに友達になりたがっているので、結婚しているときに秘密を打ち明けなかったことが、とんでもなく悪いことに思えた。

父から虐待されていたことをケインに話さなかったのは、結婚当時はそれを忘れようとしていたからだ。頭から離れないもう一つの人生を忘れて、生活を築くために。流産のことを話さなかったのは、自分もそれを受け入れるために助けが必要だったからだ。そして、その助けを得るために、彼のもとを去らなければならなかった。

でも、三年が過ぎて、どちらの問題も遠い過去のものとなり、泣き崩れることなく話せるのだから、秘密にしているのは賢明ではないような気がする。

自分が子供のころ、貧しく、飢えていて、絶え間なくおびえていたことを認めていたら、結婚生活は違うものになっただろうか?

慰めが必要なときに、それをケインに求めていたら、彼の態度は違っただろうか？

どちらの答えも知りようがないが、結婚生活が違うものになり、離婚せずに済んだかもしれないというささやきが耳について離れなかった。

翌朝リズは、アマンダの家の食卓でおいしいブルーベリー入りのホットケーキを食べた。コーヒーを飲みおえたところにケインが入ってきたので、彼に弱々しくほほえんだ。「おはよう」

「おはよう」

秘密はあったかもしれないが、二人は今は離婚しているし、一緒に作業をする間、仲よくしようとしている。よりを戻そうとするのではなく。そういうわけで、リズは暴力的な父親の話は秘密にしたままでいいと判断した。しかし昨夜、部屋の中を歩きまわりながら考えて、どれほど赤ん坊のことを話したいかを実感した。

離婚当時は心の傷がまだ生々しくて、つらすぎて、彼に話せなかった。気持ちが落ち着いたころには、二人の歩む道が交わることは二度となかった。しかし、これまでなかっただけで、この先数週間は違う。これ以上秘密にはしておけない。彼の子を身ごもったこと、その子を失ったこと。彼にはそれを知る権利がある。

問題は二つある。いつ、どのように話すかだ。私は打ち明ける心の準備ができているかもしれないけれど、ケインは聞く準備ができていないかもしれない。昨日のような機会があれば、逃してはいけない……ただし、ほかに人がいない、二人きりのときに。

アマンダがガスレンジから振り返った。「あなたはおなかがすいてる、ケイン？　ブルーベリー入りのホットケーキを作っているのよ」

アマンダが母親役を楽しんでいるのは明らかだっ

た。暴力的な夫に対する絶え間ない恐怖がなくなって、快活になった。ジョイは目が明るくなって幸せそうになり、朝食の間じゅう、かわいらしいおしゃべりでリズを楽しませた。アマンダに唯一残された問題は、十六歳の息子ビリーだった。暴力的な父親から離れてまもないので、まだいろいろと落ち着かないが、落ち着いてしまえば、きっとアマンダは息子との関係をなんとかする方法を考えるだろう。

「朝食は済ませてきたんだ」ケインが言った。

「あらそう。じゃあ、コーヒーだけでもどうぞ」アマンダはレンジのそばの食器棚からマグカップを取り出してコーヒーをつぎ、彼に差し出した。「ちょっと座ってて」

ケインはコーヒーを受け取り、アマンダと一緒にテーブルのほうへ歩いていった。そこへビリーがヘッドホンで音楽を聴きながら入ってきた。食卓にいる者たちには目もくれずに冷蔵庫へ向かい、牛乳を取り出した。

アマンダがうんざりした目で息子を見た。「ビリー、おはようぐらい言いなさい」

ビリーは無視した。

アマンダは立ちあがり、息子に近づいて右耳のヘッドホンをはずし、抑揚をつけずに言った。「おはよう」

ビリーはため息をついた。「おはよう」

「お客さんにご挨拶《あいさつ》しなさい」

彼はしかめっ面をテーブルのほうへ向けた。「おはようございます」

リズはそういう光景を数え切れないほど見てきた。住む場所を慈善団体に頼らなければならないティーンエイジャーは、よくそういう態度をとる。父親から虐待を受けた男の子はとくにそうだ。ビリーは父親から逃げることができて喜んではいるが、父親を恋しがってもいる。おまけに、自分自身について疑問を抱いている可能性がある。もしかして自分は父親に似ているのではないかと。

リズはケインに目を向けた。彼はビリーのようなタイプの従業員が嫌いだ。心身ともにベストな状態の者を雇いたがる。

でも、昨日のアマンダの言葉に対する反応を見たあとなので、ある程度は彼が変わったことがわかる。しかも、アマンダと子供たちに愛情を持っている。ビリーには男性のいいお手本が必要だ。もしもケインが、昨日私にマスキングテープの貼《は》り方やペンキの塗り方を教えてくれたときと同じようにふるまえば、ビリーはなにかを学べるかもしれない。

おまけに、私とケインが同じ部屋にいなくてもよくなる。

リズは、いつ、どうやって子供のことを話そうかと一日悩んで過ごしたくなかった。妙な沈黙を破って口走るわけにもいかない。なにしろ、部屋にいるのは二人だけかもしれないが、家の中にはほかに人がいる。もう一度話すチャンスが欲しいけれど、慎重に言葉を選べるように、じっくり考える時間も必要だ。ケインがそばにいなければ、その時間がとれる。

リズはビリーにほほえみかけた。「今日は手伝ってもらえると助かるわ。とくにケインがね」

アマンダがはっとして、両手を握り合わせた。

「なんてすてきなアイデアなの！　ミスター・ネスターが誰だか知ってる？」

ビリーはくるりと目をまわした。「知らないよ」

「建設会社の経営者よ」アマンダはすっかり興奮していた。「きっといろいろなことを教えてくれるわ」

「いろいろなことなんて知らなくていいよ、母さん。それに、僕は医科大学に行きたいんだ」

「それにはお金が必要よ。ミスター・ネスターは建築業のアルバイトをしながら大学を卒業したの」

ビリーはケインをにらみつけた。

ケインはきまり悪そうに身じろぎした。「建築業は万人に向くわけじゃないけどね」板ばさみになって、明らかに困っている。「バーテンダーもやった」

「でも、今あなたはここにいるわ」リズは自分を抑えられなかった。「それに、ビリーにたくさんのことを教えられるわ」

リズは、不機嫌なティーンエイジャーの前では口に出せない言葉を目で訴えた。ビリーには、少なくともまともな男のふるまいというものを見せる必要があるのだと。

リズは息をつめて、ケインの目を見つめた。彼は冷たい目で穴があきそうなほど見つめ返したが、その時間が長くなるにつれて、まなざしはやわらいだ。

とうとう彼はビリーのほうを向いた。「今日の作業はむずかしくない。だから、学ぶことに興味があるなら、始めるにはいい機会かもしれないよ」

「ほらね！」アマンダはビリーの肩をつかんだ。「きっとあなたのためになるわ」

ケインは立ちあがり、ビリーにキッチンを出てついてくるよう、身ぶりで示した。リズはどきどきしながら、二人を見送った。ケインの行動はアマンダへの同情から出たものだとどんなに信じたくても、リズのためであることがわかる。彼が態度をやわらげ、頼みを聞いてくれたのは、彼女を喜ばせるためだ。


十分後、ケインは居間で、むすっとしたティーンエイジャーを会話に引き込む方法を考えていた。しかし、自分本位の銀行員や賢い事業主を引き込む非凡な話術が、子供に通用するとは思えなかった。アマンダとリズを相手にはなんとかできた雑談もうまく進まない。ケインにできるのは、二人で黙々と作業をするか、本当のことを話してビリーを驚かせるかだった。

「実は、こんな作業をしたくないのは僕も同じだ」

ビリーが驚いて顔を向けた。

「でも、お母さんは君にここにいてほしいんだよ。男は我慢して、お母さんの望むことをしなければならないこともある」ケインはビリーと同じ立場だった。この部屋で不機嫌な少年と一緒にいるのは、リズの懇願のまなざしにあらがえなかったからだ。

「その口を閉じていてくれたら、僕はこんな作業から逃げ出せたのに」

「どうやって？　駄々をこねてか？　実社会ではなかなか役に立つ技術だな」

「実社会なんてどうでもいいよ」

ケインは鼻を鳴らした。「まったくだ」工具を提げたベルトから巻尺を引っ張り出して、壁のほうへ歩いた。巻尺の端を壁に押さえつけて、灰色の本体をビリーに差し出した。「これを持って、壁の向こう端に行ってくれ」

ビリーはため息をついたが、巻尺を受け取って、言われたとおりにした。

「長さはどれだけだ？」

「三メートル」

「ぴったり三メートルか？」

「わからないよ」

ケインはいらいらしたが、ビリーにはそれと悟らせずに、しかも一日じゅう悩まされずに済むように言った。「よし、やり直しだ。君がこっちの端を持って壁につけてくれ。僕が数字を読むから」

ビリーは無言でケインと場所を交代した。

ケインは長さをはかり、ビリーに巻尺の端を放すように言った。すると、巻尺は銀色の本体にぱちんと音をたてて戻った。ケインは前日に買った内装用の細長い板に手を伸ばした。持ちあげるとしなるので、もう一方の端を顎で示した。「持ってくれないか？」

ビリーは顔をしかめたが、板を持ちあげた。

ケインはそれをマイターボックスという、木材を正確な角度で切るための箱状の工具のほうへ運んだ。それをトラックに積んだのは十年近く前だ。最新技術ではないが、まだ役に立つ。それに、今日はこの若者にちょっとしたなにかを教えることが、リズのことを忘れるいちばんの方法かもしれない。

「なあ、最終的には誰かに雇ってもらわなければならないんだぞ。見てくれのよさでは、学校は卒業できないんだから」

ケインはマイターボックスに板をセットして切った。ビリーに手伝わせて、切った板をもう一度壁のほうへ持っていき、所定の場所にあてがって、数箇所を電動釘《くぎ》打ち機でとめた。

「あなたみたいにバーテンダーをやろうかな」

ケインは驚いて振り返り、慎重に言った。「授業があって、夜に働くほうが都合がいいなら、バーテンダーはいい仕事だ。でも、僕が授業料を稼いだのは夏の間だ。それだけの金額を稼ぐには、それに見合う報酬の仕事をしなければならない。建築業はうってつけだ」

ビリーはなにか言おうと口を開けたが、すぐに閉じた。ケインは話すよう、うながそうとしたが、やめておいた。話したければ、自分から話すだろう。僕はセラピストではない。だいたい、しゃべるのは苦手だ。

「僕の父さんは建築業をやっていたんだ。いや、今もやっている」

「そうか」きっとリズは粋《いき》なはからいだと思ったに違いない。「父親のようになる必要はないんだよ。君はどんな人にだって、なににだってなれる。自分がなりたいようにね」ケインは室内を見まわして、ビリーにもわかりやすい言葉で言った。「こういう作業をすることで、なにが得意かを試していくんだ。そうやっているうちに、自分が何者かを理解する。医科大学に通いたいと言ったよな」

「そんなの夢物語だよ。思いどおりになるもんか」

「その態度では無理だな」

ビリーは鼻を鳴らした。「母さんは頼りにならないしさ」

「僕は自分で道を切り開いた。君にもできるよ」ケインは次の板を持ちあげるように合図して、さりげなく話を戻した。「おまけに、いい人生勉強になる。僕は授業料を払うためについた建築の仕事で、人生をどうしたいか、方向性が見えた」

ビリーが真剣に聞いているのを見て、ケインははらはらした。この若者を誤った方向へ導くのは簡単だ。僕は人付き合いがよくない。暴力的な父親に育てられることについて、なにも知らない。間違ったことを言う危険はいくらでもある。

「医者になりたいような気もするんだけど、よくわからないんだ」

「じっくり考えるんだな」ケインはビリーに巻尺を持つよう身ぶりで指示した。「すべてを一日で解決する必要はないんだ。時間をかけて、休み休みやればいい。今すぐ全部を決めようなんて考えるな」

不思議なことに、ビリーにアドバイスすることで、リズについて楽に考えられるようになった。すべてを一日で決める必要はない。そもそも、二人がうまくいかなかったのは、それが原因だった。飛行機で席が隣どうしになってからデートをして、ベッドをともにするまで、数日で一気に進んでしまった。すてきなグリーンの目を向けられただけで彼女の言いなりになるのは、初めて会った日に誘惑するのと同じくらいによくないことだ。

なんとかして、妻が――いや、元妻が――そばにいても、普通にふるまえる状態に戻らなくては。

その第一歩は、欲望をそそる引力の虜《とりこ》になったせいで不幸な結婚をする羽目になったことを思い出すことだ。

ドアの外で、リズは壁にもたれて、ほっと大きく息をついた。ビリーにケインを手伝うように提案してから二分後、二人が凶器になりかねない電動工具を使うことを思い出して、あわてふためいた。でも、どうやらビリーとケインは仲よくやっていく方法を見つけたようだ。

リズとアマンダはダイニングルームのペンキ塗りを始めたが、十一時半になると、昼食の準備のために作業を中断した。正午になり、ケインとビリーをキッチンへ呼ぶと、なんと二人は、ケインの会社が入札した大きなプロジェクトについて話しながら、シンクに手を洗いに行った。

彼らは食卓へ来る間も、ケインの仕事が一部は数学、一部はていねいなアフターケア、一部は駆け引きだという話をし、話が中断するのはサンドイッチを食べるときだけだった。

リズは〝友情〟を保ち、秘密について具体的に話すときが来るまでは悩むのをやめようと決心して、ケインにほほえみかけた。しかし、彼は当惑したようすで、すぐに目をそらした。

ビリーとケインは食事を終えて作業に戻り、リズとアマンダはキッチンを片づけて、ペンキ塗りを再開した。

五時にもなると、筋肉痛を覚えたが、それは心地よいものだった。リズは生活のために肉体労働をしているが、ペンキ塗りに必要とされる筋肉は、窓をふいたり、掃除機をかけたり、埃《ほこり》を払ったりする筋肉とは違った。アマンダが子供たちを連れて外食する予定だったので、彼女たちが外出前に片づける時間がとれるように、リズとケインは帰ることにした。

リズは、ケインを誇らしく思っていることを本人に伝えずに彼を帰すわけにはいかなかった。ビリーには彼が必要だ。アマンダは息子の心の壁を壊すことは無理だと認めていたが、ケインはそれをやってのけたのだ。彼がどんなに必要とされているか、どんなにいい仕事をしているかを伝えなければならない。

リズはトラックの荷台に寄りかかって、ケインがアマンダとビリーに別れの挨拶をするのを待ち、彼が近づいてくるとほほえんだ。

「あなたがとまどっているのだとしたら、その理由はビリーを救いたくなかったから？　それとも、うまく救うことができたから？」

ケインはトラックの荷台の道具箱にのこぎりをほうり込んだ。「彼はいい子だよ」

「もちろんよ。人生の初めの十六年間をともに過ごした男のせいで、男というものがどんなことをするかについて、すごく悪い印象を持っただけよ。今日はあなたがいいお手本になったわ」

「僕を聖人扱いするなよ」

リズは笑った。

「本気で言っているんだぞ。ビリーが本気で怒って反抗してきたら、僕の手には負えなくて、深刻な被害をこうむったかもしれないんだからな」

リズは真顔になった。彼の言うことはもっともだ。

「ごめんなさい」ケインがトラックのドアを開けようとしたので、彼女は荷台から離れた。

ケインはトラックに乗り込みながら首を振った。

「あやまらなくていいよ。うまくいったことを喜ぼう」

リズはうなずいた。トラックのエンジンがかかったので、私道から離れた。

リズは走り去る車を見つめた。予想では、ケインは罠《わな》にはめられたと怒るか、得意げになるかのどちらかだった。ところが、彼の態度はいつもどおりだった。彼は私たちが友達になれることを態度で示しているのだろうか？　それとも、そうやって私の人生にゆっくり戻るという作戦だろうか？

　結局のところ、彼はアマンダの家の修理をしなくてもいいのだ。アイリーンに頼まれたときに断ることもできた。

　ビリーに力を貸す必要もない。ところが、私の無言の懇願に応《こた》えて、すばらしい仕事をしてくれた。

　彼は私と話をする必要もない。私はお目付け役として、ここにいるだけだ。作業が順調に進んでいるのだから、私を無視することもできる。

　だったら、彼はなにをしようとしているの？

6

「もしもし、〈ハッピー・メイド〉のリズ・ハーパーです」

「おはようございます、ミズ・ハーパー。こちらは〈ケイン・コーポレーション〉のアヴァです。ミスター・ネスターの依頼でお電話しました」

　リズの胸の中で心臓が宙返りした。なにか変だ。ケインがアヴァに電話するよう頼むなんて、苦情か契約打ち切り以外に理由がない。それとも、やっと常勤の家政婦が見つかったのだろうか？

「今夜、ミスター・ネスターが友人を招いて、ささやかな食事会を開くのですが――」

　心臓がまた宙返りし、リズは目をつぶった。契約の打ち切りではない。彼は私をパーティに招待するつもりだ！　さりげなく、よりを戻そうとしている。

「料理は彼がします」

　ケインはグリル料理が得意なのを知っているので、リズは驚かなかった。しかし、彼の家で開かれるパーティにはやはり行きたくなかった。彼がよりを戻そうとしていることがほぼ確実となった今は。

「つまり、ケータリング業者を頼まないので、後片づけをする者がおりません。そのための人を派遣していただきたいのです。もちろん、料金は別にお支払いします」

　リズは頬を真っ赤にして、オフィスの椅子にくずおれるように座り込んだ。パーティの招待ではなかった。後片づけをしてほしいのね。私は彼の家政婦だもの。友達ではない。恋人やデート相手の候補でもない……元妻でさえない。雇われの身だ。

「パーティの後片づけなら喜んで引き受けます」

「必要なのは一人だけですので」

　動揺がおさまると、リズはアヴァの困ったような、こわばった口調に気づいた。

「少人数のパーティなんです。ミスター・ネスターと新しい投機的事業のパートナーたちが集まって、食事のあとに契約書にサインします。九時までには、皆さんお帰りになるはずです。九時十五分ぐらいにおいでください」

　初めて話したときのアヴァは、明るく親しみやすく、上司のためにハウスクリーニングの手伝いを雇おうと熱心だった。今日のこわばった声とかしこまった口調に、リズはとまどった。

「九時十五分で承りました」

　リズは困惑したまま電話を切った。ひょっとして私が元妻であることをケインが秘書に話したのでは？　でも、なぜそんなことを？　話したところでなにかが変わる？　彼は従業員に個人情報は話さない。なぜ今さらそんなことを始めるの？

　リズはパソコンのキーボードに指を置き、表計算ソフトに従業員の労働時間を入力しはじめたところで、眉をひそめた。私が元妻であることを話したとして、なぜ秘書が不機嫌になるの？

　アヴァがどこにも紹介してくれないのはそのせいかしら？

　リズはせめて一人ぐらいは電話をかけてきて、推薦を受けたと言ってくれるものと期待していた。この業界はそういうものだ。家政婦は信用が不可欠。口コミによる推薦は、感情をまじえない広告より効果的だ。それなのに、ケインからの推薦はまだない。

　リズは頭を振ってそれらの考えを追い出し、仕事に意識を戻した。書類仕事ができる貴重な時間を無駄にしたくなかった。リタが働いてくれるので、今では午後はオフィスで過ごし、夜は休みまでとれる。

　リズはまた眉をひそめた。今夜は休めない。急な仕事は従業員に頼めない。夜に働くとなると、従業員の子供を預ける費用が余計にかかってしまう。おまけに、ケインの家は私の担当だ。ワッフル事件のあとにほかの者を送り込んで彼を怒らせてしまったので、担当を自分に戻したのだ。

　リズはため息をついた。今夜は彼の家に行かなければならない。

　でも、それはいいことなのでは？

　私は彼に話すべきことがある。今夜は彼の家で二人きりだから、おたがい正直に話せるだろう。

　不安と安堵《あんど》が入りまじった感情がどっとこみあげた。流産の話をするのはつらいが、話さなければいけないことだ。彼には知る権利がある。

　リズは書類仕事を終わらせ、エリーとの夕食に備えて、五時に帰宅してシャワーを浴び、着替えをした。今夜の仕事のことは話さないでおこう……。

　それから、アヴァの口調が変だったことも。

それと、ケインからまだ推薦してもらっていないことも。

あと、今夜、ずっと隠してきた秘密をケインに告げるかもしれないことも。

どの話にもエリーは興奮するだろう。例のよく効くお祈りをするかもしれない。そうならないように、リズはエリーが〈ハッピー・メイド〉の従業員について話すのを聞いた。エリーのきらきらした琥珀《こはく》色の目を見れば、指導役を楽しんでいることがわかる。友達に偉そうに教えるのではなく、母親のように教えているという。そんな話を聞いてリズは笑い、実際にケインのことを忘れた。エリーは二十二歳。指導される側はほとんどが三十代か四十代、なかには五十代もいる。それでもエリーは面倒見のいい雌鳥《めんどり》のように、彼女たちにあれこれ言う。それがほほえましい。

食事中は仕事の話ばかりしていたので、会社の経費と見なして、代金はリズが支払い、レストランの前の歩道でエリーと別れた。運転席に乗り込んでダッシュボードの時計を見たとき、リズははっと口を開けた。もうすぐ九時だ。〈ハッピー・メイド〉の制服に着替えに帰る時間がない。

リズは身につけているシンプルなタンクトップとジーンズを見おろした。これで大丈夫。ケインの家がどんなに散らかっていても、タンクトップとジーンズが汚れることはないだろう。

遅刻を心配するあまり、リズは今夜の仕事に関するほかの心配事をすっかり忘れて、ケインの家の私道に車をとめた。アヴァが言ったとおり、ケインの客は長居をしなかった。ところがリズは、急に彼に会いたくなくなった。赤ん坊のことを告げる〝適切な言葉〟がまだ用意できていないからだ。〝友達ごっこ〟をする気分でもないし、二人の間の引力と戦う気分でもない。夫婦でなくなっても、その引力は消えていない。そのせいで、二人はむずかしい状況に置かれているのだ。

　そこまで惹《ひ》かれていなければ、二人の関係が終わっていることや、どちらも、よりを戻したがっていないことに、なんの疑問も抱かないだろう。しかし、思いがけなく惹かれ合ってしまうので、彼がそばにいると、自分がどんな反応をするか、どうしても不安になってしまう。これからの数時間は二人きりだ。運がよければ、ケインはすでにシャワーを浴びているだろう。

　リズはごくりと唾《つば》をのみ込んだ。シャワーのことは考えないのがいちばんだ。

　ケインはリズが車を降りて私道を歩いてくるのを見て、玄関のドアを開けた。「こっちから入ってくれ」

　リズはこわばった事務的なほほえみを浮かべて、音が響く玄関ホールに入った。

　彼女は僕を警戒している。まあいいだろう。僕も彼女や二人の間に起きていることに警戒している。自分のものにならない人に惹かれるのはよくないことだ。今の僕は、彼女がそばにいるだけでとろけそうになり、グリーンの目を向けられただけで、彼女の言いなりになってしまう。彼女がそばにいるときの自分の態度を改善する方法は、彼女を元妻として扱うことだとわかった。でも、彼女については、結婚生活でわかったこと以外はほとんど知らないので、どうやって元妻として扱うかがわからないのだ。

　結局はおたがいに現在の自分たちについて知ることが必要なのだとわかり、リズに食事会の後片づけをしてもらうようアヴァに電話させた。たぶん、少しの間二人きりで過ごせば、直接やりとりする機会が持てるだろう。そこでリズが身の上話でもしてくれれば、彼女を別人のように思えるようになるか、少なくとも違う目で見られるようになるだろう。

「散らかっているのは主にキッチンだ」

ケインは先に行くよう身ぶりで示した。リズが前を歩くときになって初めて、すてきなヒップを眺められることに気づいた。ジーンズに包まれたヒップが歩みとともにゆれるのを見て、うめきそうになった。こんなふうだから、彼女を取り戻したがっている自分がしょっちゅう現れては、主導権を握るのだ。今夜は、なんとしても実業家の自分が力ずくで主導権をもぎ取らなければならない。

「それとダイニングルームだ」かしこまったダイニングルームに入っていくと、散らかったテーブルが見えた。

「外で食べているとばかり思ったわ」

「見栄《みえ》っ張りだから、シェフ気取りでステーキを焼いて、仕事のパートナーたちにいいところを見せたかったんだが、今夜は正式なミーティングだったものでね」

「さてと」リズはまだケインと目を合わせなかった。「たいした作業じゃないわね。あなたは仕事部屋かどこかへ行って。ここは私が片づける。何度も来ているから、なにをどこにしまうかは知っているわ」

ケインは首を振った。あと数週間を一緒に過ごすつもりなら、初対面のようにおたがいをよく知る必要がある。

「もう遅い時間だ。一人でやったら、何時間もかかってしまう。僕が手伝えば、日付けが変わる前に帰れるよ」

リズは反論したいという顔をしたが、結局はくるりと背を向けて、テーブルの反対側へ歩いていき、ケインから離れた。「好きにすればいいわ」

リズは皿を重ねたり、銀食器類を集めたりしはじめた。ケインも反対側で同じことをした。

彼女はケインが手伝うことに反対しなかったが、

話をする気分でないことははっきりと示した。二人はかちゃかちゃと音をたてながら、黙々と片づけた。

そしてケインは驚くべきことに気づいた。リズは僕を警戒しているかもしれないが、高級な銀食器にはもう恐怖心を抱いていない。結婚していたときのように、磁器を欠けさせたり、クリスタルグラスを割ったりすることを恐れていないのだ。

彼女が僕から去り、家政婦になって、僕の持ち物やライフスタイルに慣れていくとはおかしなものだ。

「君が磁器に慣れたところを見ると、不思議な感じだな」

リズはちらりとケインを見あげた。「あなたに言われるまで、高級品がそばにあるとびくびくしていたことを忘れていたわ」彼女は肩をすくめた。「壊してしまうんじゃないかって、私はいつもおびえていた。今では、ぽんと投げあげて、背中のうしろで片手でつかめるわ」

雰囲気を明るくしようと、ケインは笑った。「やってみせなくていいよ」

リズは重ねた皿を持ってキッチンへ向かった。

ケインは空のワイングラスをいくつかつかんで、リズのあとを追った。磁器の話で彼女が口を開くほどリラックスしたのなら、この会話をやめるわけにはいかない。「君がどうしてあんなにこわがったのか、僕にはぜんぜんわからなかった」

「高級品が身のまわりになかったのよ」

「本当に？」ケインは信じられないというように首を振った。「リズ、君は仕事であちこち行っただろう。君の話では、顧客と飲んだり食べたりしなければならなかったそうじゃないか」

「レストランでね」リズは渡されたグラスを食洗機に入れた。「誰かが給仕してくれるレストランへ行くのと、自分が管理する側になるのとでは、まるで違うわ」

「今はいやがらないんだな」

「ええ。クリスタルグラスも磁器も高級な銀製品も大好きよ」

リズは自分に向けられるケインのまなざしが気になり、少し見栄を張る必要を感じた過去がとても恥ずかしかった。

「実は、私は〈フレンド・インディード〉の毎年恒例の資金調達イベントの責任者なの」リズは食洗機に皿を入れる作業に注意を向けたまま、付け加えた。「私たちが結婚していたときは簡単なクリスマスパーティすら計画できなかったけど、今では大きなダンスパーティの責任者よ」

「ダンスパーティがあるのか?」

リズは失敗に気づいたが、もう手遅れだった。自分の実績をケインに知ってもらいたかったが、彼にダンスパーティに来てもらって、過去の自分と比べてほしいかどうかはわからなかった。彼がその場にいなくても、イベントの責任者としてじゅうぶん緊張しているだろうから。

「たいしたパーティじゃないのよ。アイリーンの裕福なお友達を集めて、寄付をしてもらうお礼を言うの。それが彼女のやり方なのよ」

リズは食洗機から離れて、残りの汚れた食器をとりにダイニングルームへ向かった。

ケインがあとを追った。「寄付できそうな人を何人か知っているよ」リズが片づけているテーブルの前で立ちどまり、彼女と目を合わせた。「招待状を何通かもらえるかな? それとも、もう締め切った?」

濃い茶色の目で見つめられて、リズはうめき声を押し殺した。この件では逃げようがない。

「うちの団体のために働いているんだもの、あなたは自動的に招待されているわ。招待状は届かないの。

アイリーンはあなたが会場に来るだろうと思っているわ」

しかし、ジョニのバーベキューやマットのクリスマスパーティの招待状は届くだろう。〈フレンド・インディード〉のためにボランティアをしている以上、ケインは私とつながっている。彼に見られている、評価されている、昔はどうだったかを思い出されているという恐怖心を乗り越えなければならない。

室内は静まり返り、聞こえるのは食器がぶつかり合う音だけだった。ケインも片づけに加わった。キッチンに戻るまで、彼はなにも言わなかった。

「僕がパーティに行くと、気まずいかい？」

食洗機に食器を入れるのに忙しいふりをして、リズは顔をしかめたことをごまかした。「いいえ」

「本当に？　だって、態度がちょっとよそよそしいよ。僕が行きたがるのを喜んでいないみたいだ」

リズはケインに背を向けていたので、目をぎゅっと閉じた。結婚していたときに彼と参加した、似たような行事の記憶がよみがえった。ベッドでの仲のよさと同じくらい、彼の行事に出たときには仲が悪かった。〈フレンド・インディード〉のダンスパーティは、ケインが得意とする世界で二人が会う、離婚後初の機会になる。彼の妻だったときは、みじめに失敗した。今度は、ドレスに身を包み、ホステス役を務めるところを彼に見せることになる。その行事は、かつて彼のためにホステス役を務めることを拒んだのと同じ種類のものだ。

「やっぱり、そのせいでいらいらしているんだな」

ケインは口をつぐんだ。おそらく、リズが否定するのを待ったのだろう。彼女がなにも言わないので、彼は言った。「なぜだ？」

リズは嘘《うそ》をつきたかった。なにも問題はないというふりをしたかった。しかし、ケインとうまくいかなかったのは、もとはといえば、それが原因だった。

自分について本当のことを言わなかったこと。自分とは違う人物像を彼に思い込ませてしまったこと。

リズは息を吸って勇気を出すと、ケインに向き直った。「だって、あなたに見られていたら、きっとわかるもの。あなたは、今の私と、結婚していたときの私の違うところをさがすわ」

ケインはくすくす笑った。「違いなら、もうわかっているよ」

「すべての違いを？　そうは思わないわ」

「じゃあ、教えてくれよ」

「過去を思い出したくないの」

「過去のことを話してしまえば、そんなに恐れなくなるかもしれないよ。僕の反応を恐れているにしても、話してしまえば、その問題はなくなって、君はなにもこわくなくなる」

ケインの言葉が完全に正しいわけではなかったが、彼はそうとは知らずに要点をついていた。リズが貧しい生まれであることを打ち明け、彼の落胆ぶりを見れば、きっぱりとけりをつけることができる。

リズはダイニングルームへ戻り、テーブルのまわりを歩いてナプキンを集めながら、口を開いた。そうすれば、彼を見なくて済むからだ。

「私が子供のころは、母が稼ぐお金でなんとか生活したわ。大学へ通うために家を出るまでは、ファストフードを除けば、レストランで食事をしたことがなかった。あなたに出会ったのは、大学を出て、たったの一年後だった。それまでには、顧客とワインを飲んだり、食事をしたりしていたし、旅行をしたり、男性がどんな暮らしをしているか見たりしたこともあったけれど、いきなりあなたのライフスタイルを見せられて、カルチャーショックを受けたわ」

「そういうことだったのか。遅ればせながら理解したよ。僕たちはそれを克服しようとがんばったけれど、君は順応しそうもなかった」

「それは別の話よ。あなたが知らないことなの」

テーブルの上のものを集めていたケインは、手をとめて、リズに目を向けた。

二人の間が離れていて、空間が緩衝材となったことをありがたく思いながら、リズは息を吸って勇気を振り絞った。「私の……両親の離婚は幸せなものではなかったのよ」

「幸せな離婚なんてめったにないよ」

「実は、母と姉と妹と私は父から逃げたの」リズはもう一度息を吸った。「父は暴力をふるったのよ」

「君を殴ったのか？」ケインの言葉は怒りに震えていた。リズがそのとおりだと認めようものなら、父親に仕返しをしそうだ。

「ええ。でも、父はたいてい母を殴ったわ。私たちは夜逃げしたの。父には内緒で。〈フレンド・インディード〉のようなある慈善団体が、遠く離れたフィラデルフィアに施設を用意してくれたわ。私たちは父にさがし出されないように名前を変えたの」

ケインはテーブルのまわりの椅子の一つに腰かけた。「なるほど」その話について考えていたので、すぐにはなにも言えなかったが、ふいに顔を上げた。

「君の名前はリズ・ハーパーではないのか？」

「今はそうよ。十年前にニューヨークを出たときに、法律にのっとって名前を変えたから」

「ひどい話だ」ケインは首のうしろをさすった。

「気の毒だな」

「父がそういう人だったことも、私が人生の大半を貧しく過ごしたことも、私に気品がなかったことも、あなたの生活になじめなかったことも、あなたのせいではないわ」

「だから、君は〈フレンド・インディード〉の活動にそんなに熱心なのか」

リズはうなずいた。「そうよ」

沈黙のうちに数秒が過ぎた。リズは同情の言葉は期待しなかった。ケインは同情するような人ではない。でも、なにも言わないのは、冗談めかすよりもひどい。彼の無言の拒絶が心に突き刺さった。私は彼にはふさわしくない。それはずっとわかっていた。

「どうしてもっと前に話してくれなかったんだ？」

　リズは鼻で笑った。「私が無知な家出娘であることを知りつくしているような、完璧《かんぺき》で、ハンサムで、裕福な夫に話すですって？　話さなかった理由は、あなたを愛するのと同じくらい、自分があなたにふさわしいと思ったことがないからよ」

　ケインは悲しそうにほほえんだ。「僕も自分が君にふさわしいと思ったことがなかった」

　信じられない思いで、リズは息がつまった。彼は私をからかっているの？　隠すほどの過去があるのは私だ。彼は完璧以外の何者でもない。おそらく完璧すぎるのだ。「本当に？」

「精神的にまいっていたときに、なぜこの美しい女性が僕のそばにいてくれるのかと考えたものだった」ケインは真実をすべて話すか、ぽかんと口を開けているリズの好奇心を満たす程度に話すべきか迷っているかのように、髪に指を通した。そしてようやく口を開いた。「兄の死に罪悪感を覚えて、僕は無気力になった。今でもときどき、その罪悪感は忍び寄ってくる。僕があと一分早くか、数秒遅く出ていれば、トムはまだ生きていたかもしれない」

「あなたの車にぶつかってきた少年は、赤信号を無視したのよ。事故はあなたのせいじゃないわ」

「理屈ではわかっている。でも、胸の奥のなにかがそれを信じさせてくれないんだ」ケインは首を振って、みじめそうに笑った。「僕は調整役だ。トムが亡くなったあとでさえ、父が会社経営の助けを求め、引退したくなったときに会社の後任者さがしをまかせたのはこの僕だった。それなのに、あの事故のことはどうにもできなかった。なに一つ変えられなかった」

「それは誰にもできなかったわ」

ケインは鼻で笑った。「まったくだ」

さらに数秒の沈黙が流れた。リズは不安になった。なぜ彼が打ち明け話をしたのかはわからないが、その結果はわかった。彼を抱き締めたくなった。彼を慰めたくなった。しかし、それをしてしまえば、二人はベッドに倒れ込むことになる。すてきなことだけれど、それでは昔の二人に戻ってしまうのではないだろうか？　すべての問題をセックスで解決する二人に。

リズはナプキンをつかみ、洗濯室へ持っていった。彼を抱き締めるより、慰めるより、するべきは二人の問題すべてを明らかにすることだ。この会話はすばらしいきっかけだったし、ひどく悲しい話を切り出すには絶好の機会だった。

リズは覚悟を決めて、ケインに赤ん坊について話す適切な言葉をすばやくまとめながら、キッチンへ戻った。

ケインは食洗機のそばに立って、いちばん上の段に最後に持ってきたグラスを並べていた。リズは深呼吸したが、口を開く前に彼が言った。「僕が兄との事故について話したのは君が初めてだって知っているかい？」

「家族とは話したことがないの？」

ケインは肩をすくめて、食洗機の扉を閉めると、アイランドカウンターへ歩いていった。「トムについては話すけれど、事故の話はしない。彼が死んだという事実については話すが、それが僕のせいだという話はしない。僕の家族はものごとを避けて通るのがうまいんだ。都合のいいことだけ話して、そうでないことは話さない」

彼は明るく話そうとしたが、声と言葉には苦悩がにじみ、打ち明け話をして、感情を解き放ちたいという思いが聞き取れた。

「その話を今したい？」

　ケインはふきんをカウンターの上にぽんと置いた。

「なにを言えばいいんだ？」

「私にはわからないわ。あなたはなにを言いたいの？」

「たぶん、申し訳ない、かな？」

「事故のことをあやまる必要があると思うの？」

　ケインは悲しそうにほほえんだ。「そこがむずかしいところなんだろうな。僕は自分に非のないことに罪悪感を持っている。自分では変えられなかったことに対してだ」

「あなたは悪くない。あやまってはだめよ」リズは首を振った。「お兄さんが亡くなったことを残念に思うのはかまわない。でも、事故を自分のせいにしてはだめ」

「わかってる」ケインは首のうしろをさすった。

「変な気分だな」

「この話をすることが？」

「いや、僕のせいでないことを初めて声に出して認めることがだ」ケインは首を振った。「驚いたよ。初めて理解できたような気がする」

　ケインはリズにほほえみかけた。心底ほっとしたような笑顔だ。話をするよう、彼女がうながしたのは正しかったのだ。

　またしても沈黙が流れ、リズは赤ん坊の話をするなら今だとうながされているような気がした。しかし、ケインの安堵の表情を見て、思いとどまった。彼は罪悪感から解放されたばかりだ。流産の話を聞いて、悲しむのではなく、また彼自身に怒りをぶつけたらどうするの？　数日間は平穏に過ごしてもいいのではないかしら？　私はその間に、彼が受けとめられる言い方を考えることができる。誰も責めることのない言い方を。

「ここはもう終わるわ」リズはダイニングルームへ戻り、塩と胡椒《こしょう》の容器をとってきた。「テーブルクロスを洗って、食洗機の終了を待つの。でも、あなたはそばにいなくていいわよ。待ち時間に読む本を持ってきたの。あなたはいつもの用事を済ませに行ったら？」

「今夜サインした契約書を鞄《かばん》に入れておかないと」

「そう。じゃあ、それをしに行って」リズはほほえんだ。「金曜日の朝に会いましょう」

ケインはドアのところまで行って振り向いた。

「君が家に来るとき、僕はいてはいけないはずだよね？」

リズは彼の視線を受けとめた。「コーヒーが飲めるくらい早めに来てもかまわないわよ」

ケインの顔にさっと驚きの色がよぎった。「本当に？」そして顔をしかめた。「僕は明日の朝、街を離れるんだ。金曜日の夜まで戻らない。土曜日に会おう」

彼に秘密を話せないまま、また週末の作業をする。それが最善策かもしれない。今夜兄の死に責任がないことを受け入れてから、起きたことさえ知らない悲劇を告げられるまで、少し時間を空けるのは悪いことではない。

「わかったわ」

ケインはふたたび行きかけて、まるでリズを置いていきたくないというように立ちどまった。リズは、金曜日の朝にコーヒーを飲もうと提案したときに、彼を誤解させたことに気づいた。その提案は、彼に秘密を打ち明けるためであって、彼と一緒に過ごしたいからではなかった。でも、彼はそれを知らない。

リズは背を向けた。沈黙にうながされて、ケインは歩きだした。リズがもう一度向き直ったとき、彼の姿はなかった。

7

次の土曜日、ケインは腕のいい数名の仲間たちとアマンダの家の屋根の上にいた。口の堅い者たちばかりだ。ケインの到着前に、リズはアマンダと子供たちを朝食に連れ出し、それから買い物をして、ビーチへ連れていった。屋根の修理に合わせて外出したことを知らなければ、ケインは彼女に避けられていると考えたかもしれない。

梯子《はしご》を下りながら、ケインは後悔した。彼女と話したおかげで、自分を閉じ込めていた幾重もの罪悪感に穴をあけられたことに気をとられすぎて、彼女の父親の話を忘れるところだった。

彼女は虐待を受けたことがある。貧しさの中で育った。逃げ出して、教養を身につけ、僕と出会った。

二人の関係は、別の道へ進むこともできたはずだった。彼女を僕の世界に連れてきて、ライフスタイルを見せ、徐々に慣れさせることもできたはずなのに。ところが僕は兄の死という悲しみにとらわれて、わかりきったことを見落としてしまった。

自分に腹を立てたくても、それはできない。兄の死に関する罪悪感に耐えてはいけないのと同じで、わかりきったことを見落としたことで自分を責めてはいけないのだ。変えられない事柄を自分のせいにしてはいけない。しかし、それは結婚を〝修復〟する機会も同じだった。

どういうわけか、汚れた皿を片づけながらのあの会話で、自分とリズには二度目のチャンスがない運命だとわかった。くよくよせずにチャンスはないと言えるのは、なにかを修復するほど、二人はもともとおたがいのことを知らなかったと思ったからだ。

二人に必要なのは、一からやり直すことだ。

ケインは裏口からキッチンへ入り、水を飲んで二階へ上がり、残りの修理箇所を調べに行った。まだ自分とリズのことを考えていた。問題は……一からやり直すとは、どういう意味かだ。一からやり直して友達になる？　一からやり直して恋人になる？　夫婦になる？

ケインは、二人は仕事仲間だと考えてきた。家の修理という課題のために、友達として仲よくする方法を学んできた。しかし、水曜日の夜にリズが罪悪感から救い出してくれたあと、彼女に対する気持ちは思わぬ方向へ変わった。きっとそれは、自分を理解してくれる女性を見つけたとき、妻にしようと思える女性を見つけたときに、男が味わう感情だろう。一度目に妻にしようと考えたとき、それは浅はかなものだった。欲しかったのは、美しい女主人とベッドを温めてくれる人だ。自分には心を許せる友のほうが必要だと考えたことはなかった。

今は自分がどんなに間違っていたかがわかる。

そして、リズがどんなに自分にとってふさわしいかがわかる。たとえ、おたがいに心を開いたばかりだとしても。

もしも、友達になるためにおたがいを知ろうという考えを、本当にうまくやっていけるかどうか確かめるためにおたがいを知ろうという考えに発展させたらどうだろう？　表面的にうまくやるのではなく、本当の意味でうまくやれるかだ。

考えるだけで、頭がくらくらする。昔の二人には戻りたくない……。でも、まったく新しい関係なら？　そう思いついたとたん、ケインはなにかよくわからない、不思議な気分になった。あまり経験したことのない気持ち……これは希望かもしれない。

二人の過去をやり直すことはできない。しかし、未来があるとしたら？

とんでもないと頭を振りながら、ケインは一番目の寝室に入った。その部屋は、天井のほとんどがだめになっている。シャツのポケットからメモ帳とペンを取り出して、明日の作業を書き出していった。屋根の張り替えは仲間がやるので、自分がこの天井を直せば、ペンキを塗ることができる。ほかの作業員たちがいるときは、アマンダは身元を知られないようにするため、家にはいられないので、リズがペンキ塗りをすることになる。来週末にはケインとビリーで、壁の幅木や回り縁に取りかかれる。

　ケインは自分を誇らしく思いながら、最初の部屋を出て、二番目の部屋に入った。ここも修理が必要だ。天井、ペンキ塗り、回り縁。バスルームは旧式だが、ここへ来た最初の週に手を入れたので、きちんと直っている。彼はその部屋を出て、いちばん広い寝室へ向かった。そこはアマンダが使っている。

　部屋に入ったところで、リズが真っ赤なピローケースに枕《まくら》を詰めているのを見つけた。

「ここで、なにをしているんだ？」

　リズは胸に手をあてて、くるりと向き直った。

「あなたこそ、ここでなにをしているの！　屋根の上にいるはずでしょう」

「明日と来週末にする作業のリストを作っているんだ」

「私はアマンダを驚かせようとしているの。彼女と子供たちをビーチで降ろして、六時に迎えに行くと言ってきたわ」

　ケインはドア枠に寄りかかった。この部屋は壊れた屋根の影響は受けていなかった。リズとアマンダで天井と壁のペンキも塗りおえていた。ベッドの足元には、新しいシーツと赤いプリントの厚い上掛けの包みがある。鏡台の上には、上掛けに合わせた赤と金の縞《しま》模様の新しいカーテンが広げられ、あとは所定の場所に吊《つ》るすばかりになっていた。

「寝室全体を新しくして驚かすのか？」

「心地よく逃げ込める寝室を持つことは、純粋にうれしいものよ」二つ目の枕をピローケースに入れて、リズはほほえんだ。「女は単純な喜びが好きなの。バブルバス、いれたてのコーヒー、いい本」

「そして、すてきな寝室か」

リズはうなずいた。「質問される前に言うけど、アマンダの好きな色は赤よ」

「よかった。ほかの人ならちょっと派手だと思うかもしれないから」

「黒いサテンのベッドカバーを使う男の人から見ればね」

ケインは笑った。「そのとおり」

「屋根の進み具合は？」

「明日の夜には終わるだろう」

「よかった」

ベッドにボックスシーツをかぶせて枕を置くと、リズはフラットシーツをつかんでベッドに広げた。

ケインが歩いてきて、反対側の端を持った。「ほら、手伝うよ」

「ありがとう」

「どういたしまして」ケインはふと口をつぐんでから言い添えた。「僕が君を本当に誇りに思っていることは知っているよね？」

「そんなこと言わなくていいわ」

「言うべきなんだよ。水曜日の夜、君の子供時代の話から僕の兄の死の話に移って、それきりになってしまった」

「話を戻す必要はないわ」

「あるよ」ケインはためらった。言いかけたことは最後まで言わなくては。「もっと知りたいんだ」彼は首を振った。「いや、それはよくないな。君は話したくないと言ったんだから」一緒に暮らした三年間、彼女は困っているというサインを出していたに違いない。でも、僕にはわからなかった。今となっては、彼女の苦しみがわからなかったことが残念だ。本当に。心から。もしも気づいていたら、いつでも尋ねることができたのだ。しかし今、彼女は忘れたがっている。本当に関係を白紙の状態に戻したいなら、彼女の望みも受け入れなければならない。「なにを言おうとしているかというと、僕は納得したんだってことを君に知ってもらいたいんだ。理解したことを。それと、申し訳ないということかな」

ケインはまだ自分がなにをしようとしているのかよくわからなかった。胸の中で命令する奇妙な感覚を信じるなら、この件をもっと突っ込んできくべきだ。今の彼女は以前とまったく違うから、扱い方も変えなければならない。彼女には目標と夢がある。初めてリズと出会ったとき、僕は彼女が持っていたものや、あらゆる希望から彼女を引き離した。今回はそんなことはしない。

おそらくそれで、二人がうまくやっていけるかが本当に試されるのだろう。僕が支配的にならずに共存でき、彼女が僕の影響を受けずに自立していられたら、僕たちはうまくやっていけるかもしれない。

ケインはばかばかしくて鼻を鳴らしそうになった。人の上に立つことに慣れた男と、人を喜ばせたがっている女にとって、それはむずかしい注文だ。

「あやまる必要はないわ」

「あるよ。いろいろなことを考え合わせて、正しく理解することができなかった。僕のせいで結婚生活がうまくいかなくなったんだ。申し訳ない」

二人はベッドを整えおわるまで口をきかなかった。しゃべろうとしても、リズにはできなかっただろう。胸がいっぱいで喉がつまり、言葉が出てこなかっただろうから。

ベッドが整うと、ケインが言った。「僕は屋根に戻ったほうがいいな」

リズが精いっぱいほほえんでうなずくと、ケインは部屋をあとにした。リズは彼を見送ってから、無理やりベッドに注意を戻した。ケインに告げる絶好の機会をまた逃してしまった。それにしても、父親の件で彼にあやまられて、動揺してしまった。彼に亡くした子供の話をするときは、感情的になりすぎないようにしたい。強くなりたい。彼が悲しんでもいいように。あの流産は単なる流産であって……誰が悪いわけでもないという論点を守りたい。

それでも、時機は選ぶべきだ……早いほうがいい。率直に話し合う機会がありながら、もっとも重要なことをなぜ秘密にしてきたか、彼は疑問に思うだろうから。

次とその次の週末、リズは主にアマンダと作業をした。屋根の修理が終わり、アマンダもビリーも作業に戻りたがった。ケインとビリーは、ビリーの言う〝男の仕事〟をやり、アマンダとリズはペンキ塗りに加えて、昼食の支度をした。リズとケインが二人きりになる機会は一度もなかった。

作業をする最後の日曜日、屋根は張り替えられ、部屋にはペンキが塗られ、水道設備も万全となり、各部屋の壁にアクセントを添える真新しい幅木と回り縁が完成したお祝いに、アマンダはごちそうを作りたがった。しかし、ケインは電話会議があり、リズは冷たいシャワーを浴びたかったので、夕食は辞退した。リズはアマンダとジョイとビリーの頬にキスをし、ケインはみんなと握手して抱擁を交わし、二人はそれぞれの車へ向かった。

「最高だったな」アマンダに会話が聞こえないくらい家から離れたところで、ケインが言った。

リズはほっと息をついた。「本当にね。最高の仕上がりだわ！」

ケインは首を振った。「違うよ。僕が言っているのは、誰かのために実際になにかをすることがだ」彼はため息をついて、トラックのドアへ近づいた。「僕が年にかなりの金額を寄付していることは知っているだろう。つまり、僕が怠け者でないことを君は知っている。でも、寄付は別物だ。人の実生活をよくする手助けをするために働くこととはぜんぜん違う。すごくいい気分だ」

リズは笑った。「慈善活動で気分が高揚したのね」

ケインはふたたび首を振った。「違う。そんなものじゃない。新たな天職を見つけたような気分だ」

リズは日ざしが目に入らないように手でさえぎりながら、ケインを見あげて、やっと彼がなにを言っているのか理解した。「本当に？」

「本当だ」

「〈フレンド・インディード〉はほかにも家を持っているわよ」

「そうだな」

「アイリーンに電話するといいわ。あなたが希望する家を直させてくれるわよ」

ケインはリズの目を見た。「手伝ってくれないか？」

リズは心臓がとまりそうになった。また数週間を彼と過ごすの？「どうかしら」ケインに真剣な目を向けられると、断る気になれない。かといって、あまり彼とはかかわりたくない。

「わかったよ。考えている間に、この質問には答えてくれ。僕はこのボランティア作業のアシスタントにビリーを雇おうかと考えている。アイリーンに話を通さなければならないことはわかっているが、彼女に話す前に、ちょっと予備知識が欲しい。間違ったボタンを押さずに済む程度でいいから」

「彼の母親を殴らなければ大丈夫よ」

「そんなにひどいのか？」

リズはため息をついた。「本当にむずかしいのは、仕事を引き受けさせることよ」

「そうなのか？　どうして？」

「彼は施しだと思うかもしれないわ」

「そんなこと、考えもしなかった」

「彼はプライドが高いのよ」

ケインは鼻で笑った。「そうだな。でも、彼との共同作業ははかどったよ」彼はにやりとしてみせた。

「彼は僕を気に入っているんだと思う」

リズは目をくるりとまわした。「あなたを高く評価しているのよ」

「だったら、それを利用しよう。成功者と働くチャンスだと言うんだ。成功の秘訣《ひけつ》を学べと」

リズは笑った。不思議なぬくもりに包まれた。なんだかエリーと話しているみたいだ。打ち解けていて、気が楽だ。本当に友達になったのかしら？

「わからないだろう。うまくいくかもしれないぞ」

リズは顔をしかめてみせた。「きっとうまくいくわ」彼女は自分の車へ歩いていった。ケインと友達になるのはかまわないが、それ以上の感情を抱く危険は冒したくない。

リズが車のドアを開けると、ケインが呼びかけた。

「それで、君は手伝ってくれるのか？」

そこが問題だ。同意すれば、二人は本当に友達になるだろう。そうなれば、秘密を打ち明ける時間がたっぷりできるばかりか、彼がそれを聞いて、心の整理をする手助けができる。その一方で、ことがうまく運ばなくて、ケインが秘密を聞いてうまく対処できない場合に、彼が怒ったり、嘆き悲しんだりする姿を見る時間がたっぷりできてしまう。

「考えておくわ」

リズの車が走り去った。ケインはトラックのドアを開けた。ほかの家を修理したいと思っていることをリズがもっと喜んでくれると思った。でも、彼女がなぜ喜ばないかは、ある程度理解すべきだった。彼女に手伝ってほしいのは、一緒に過ごすためだ。そうすれば、おたがいを知ることができ、また二人で一からやり直すべきかどうかを確かめることができる。リズが一緒に作業をしたがらないのも、まさに同じ理由からかもしれない。二人の結婚は大失敗だった。彼女は思い出したくないし、逆戻りしたくないのだ。

結婚の〝お膳立《ぜんだ》て〟を考えているとしたら、僕も彼女と同じように反対するだろう。でも、僕は結婚のお膳立てをしたいわけではない。もう一度、一から始めたいのだ。

あいにく、その方法がまったくわからない。

火曜日、ケインはアイリーンと話をして、ビリーを雇う許可を得た。さらに、次に修理する予定の家の住所を教えられ、今度の土曜日から始めてほしいと言われた。

そこでアマンダの家へ行き、ビリーに仕事をしないかと提案した。ビリーは快く引き受けたが、報酬額を聞くと、なおのこと喜んだ。

計画が幸先《さいさき》のいいスタートを切ったので、ケインは自宅に戻るとすぐにリズに電話した。

リズは一回目の呼び出し音で電話に出た。「はい、〈ハッピー・メイド〉です」

「君はプライベート用の携帯電話を持つべきだ」

「そんな余裕はないわ。なんの用なの、ケイン？」

「土曜日の仕事場まで車に乗せていこうかという男に対して、そんな口のきき方があるか？　ビリーのところにはすでに寄ってきたよ——トラックにはあと一人乗れるんだ」

「ビリーに仕事を引き受けさせたの？」

「断れないような提案をしたからね」

「すごいわ！　アマンダは大喜びね」

「僕もうれしいよ。ところで、迎えはどうする？」

「まだあなたと働くことに同意していないわよ」

ケインはアイリーンに電話して、リズに手伝いをせざるをえない状況に追い込むこともできた。〝お願い〟と情に訴えて、言うことを聞かせることもできた。でも、そうはせず、なにも言わずに決断をリズ本人にまかせた。そして自分は、二人の関係をまったく違うものにしよう、新鮮で真新しいものにしようというみずからの指示に従った。

「まあいいわ。でも、現場で会いましょう」リズの答えは事務的でそっけなかったが、ケインは気にしなかった。僕は彼女を傷つけて、夢から引き離したのだから、警戒されても受け入れなければならない。そして、警戒の必要がないことを示さなければならない。僕たちは一からやり直そうとしているのだ。

ペギー・モリスは、ケインとその仲間が家の修理をするときには、家にいないことにした。リズは鍵《かぎ》を預かって、ケインとビリーの到着に立ち会うと言った。ケインが裏口を開けてキッチンに入っていくと、シンクのほうを向いていたリズが振り返った。ビリーが持ってきたピクニック用のバスケットを見て、彼女はにっこりした。

「あなたのお母さんはすごくいい人ね」

ビリーは眉をひそめた。「どうして？」

「昼食を作ってくれるから」

「僕が作ったんだ」ケインが言った。「まあ、実際には、アヴァに電話でデリカテッセンに注文させたんだが。中身はサンドイッチ、ソーダ、水、デザート……君の好物のチーズケーキもある」

リズはうめいた。「まあ、ケイン！　チーズケーキはだめよ！　家並みに大きな体になっちゃうわ」

ケインは笑った。彼女はチーズケーキについては不満をもらしたかもしれないが、昼食を持ってきたことは受け入れた。すべり出しは順調だ。「結婚して以来、君はやせたよ」

ビリーはケインからリズに視線を移した。「二人は結婚していたの？」

「そうだよ」

「昔のことよ」

ビリーは首を振った。「夫婦だったようには見えないな」

リズはビリーに近づいて、彼の腕に手を置いた。

「あなたのご両親の仲は普通ではなかったのよ」

「そうだけど、友達の両親だってしょっちゅう口喧《げん》嘩《か》しているよ。二人は仲がいい。それなのに、なぜ離婚したの？」

「いろいろあったのよ」

「僕が忙しすぎたんだ」

ビリーが二人について、さらになにか言わないうちに、リズは彼をドアのほうに向かせた。「あなたは知らなくていいの。大昔の話だし。仕事を始めないとね」リズはドアを指さした。「ケインのトラックにはペンキが十缶はあるわ。とりに行きましょう」

三人のチームワークは抜群だった。リズがトラックの荷台に飛び乗って、大量のペンキの缶や刷毛《はけ》やトレイなどをケインとビリーに渡し、二人が台車でガレージへ運んだ。

ペンキと道具類がガレージの床に下ろされると、ケインがふたたびリーダーシップを発揮した。「僕たちがこの家から始めるのは、基本的に手入れが行き届いているからだ。今週、アイリーンと来て点検してみたら、壁と天井が何箇所かとバスルームの修理が必要だとわかった」ケインは新しいシャワーヘッドと、それとは別に梱包《こんぽう》された正体不明の水道関係の工具類を指さした。「それらは僕がやる。君たちはペンキ塗りだ。作業は二階から始めて、階下《した》へ下りてくるようにしよう」

「わかったわ」リズが応じた。

ビリーが言った。「ペンキの塗り方はもう知っているから、修理を手伝いたいな」

「建築業は、必要なことはなんでもやらなければならないんだ。仕事をえり好みしてはだめだ」ケインはビリーにベージュ色のペンキを四リットル分渡した。「そのうち、電気関係か水道関係みたいに、一つや二つの得意分野に実力を発揮するときが来る。そうすれば、腕がいいと思われて、そういう仕事が来たときには、いつでも担当するようになる。でも、電気関係も水道関係も仕事がないときは、ペンキ塗りをするんだ」

ビリーはぶつぶつ不満をもらしたが、ケインは気づかないふりをした。リズはほほえみを隠して、ペンキ塗り用のトレイと刷毛とローラーを持ちあげて、ビリーのあとについてキッチンのドアに向かった。

ケインはビリーが中に入るのを待って、リズの背中に声をかけた。「リズ？」

彼女は振り返った。彼になにを言われるか恐れているかのように、目を大きく見開いている。

ケインは礼を言いたかった。今朝はすてきだとほめたかった。でも、リズが彼を恐れ、なぜ呼びとめられたのかと不安に思っているように見えたので、マスキングテープを渡した。「君はマスキングテープを忘れていいほど、ペンキ塗りはうまくないよ」

リズの両手がふさがっていたので、ケインはテープをトレイの上にのせた。そしてくるりと体の向きを変えて、漆喰《しっくい》の袋を持ちあげた。

リズはビリーとペンキ塗りをして、午前中を楽しく過ごした。何度かケインが来てビリーを連れ出しては、天井やバスルームの修理作業を見せたり、二人のペンキ塗りをほめたりした。ビリーはケインに注目されてご機嫌だった。ケインに教わってトイレタンクの装置を交換したことをリズにまで話した。「トイレにそういう修理が必要になるのは普通のことだから」ビリーはケインが言ったことをそのまま繰り返した。「いつか修理するときに、母さんが僕を必要とするかもしれない」

リズは笑いたかったが、我慢した。「そのとおりよ。ケインと一緒にいろいろ覚えれば、家の物が壊れたときに直せるわ」

「そうだね」ビリーは真剣に言った。声に自信と責任感が聞き取れた。

リズは彼の髪をくしゃくしゃにした。「刷毛を持って。ペンキ塗りはまだまだ続くのよ」

昼食は楽しく、なごやかだった。ビリーはケインについてたくさん質問し、ケインは快く答えた。壁と天井の修理が終わったので、午後はケインもペンキ塗りに加わった。

五時になり、リズは掃除を始めようと提案した。

「僕はあと一、二時間できるよ。ビリー、君はどうだい？」

「平気だよ」

リズは首を振った。「そのうちここの一家が帰ってくるわ。ペギーはここへ来たばかりで、私たちと面識がないから、彼女が帰宅したときに家には誰もいないほうがいいとアイリーンが言うの」

「おっと」ケインは笑った。「忘れてたよ」

ペンキと道具類をガレージに残して、ケインとビリーはトラックに乗り込んだ。リズは自分の車へ歩いていった。

「また明日、でいいのかな？」

リズはトラックに顔を向けた。「ええ」

ケインがにっこりした。「よかった」

リズは、ケインが普通にふるまっていることについて疑問を抱いた。彼は私と友達になろうとしているのかしら？　それとも、私とよりを戻そうとしているのかしら？　でも、今回は少し違った。今日は彼を相手にしていると、新しい友達を相手にしているみたいだった。新しい友達。それは変だ。

　ケインと彼の兄について話し合ったことで、彼は自分を殻に閉じ込めていた罪悪感という重荷から解放された。今のケインは幸せそうで、あくせくしていない。おそらくそのせいで、初めて会う人のように思えるのだろう。彼の力になれてよかった。でも、二人の関係に新たな問題が加わった。

　赤ちゃんのことを話して、彼がまた精神的に落ち込んでしまったらどうしよう？

リズは振り返って、うなりをあげて走り去るトラックを見送った。ビリーが助手席で窓から肘を出している。ケインは運転席で、やはり窓から肘を出している。あの二人は仲よくなれる。兄弟のように。今のケインは、これまで見てきた中でいちばん幸せそうだ。そして、私の秘密はその幸せを壊しかねない。

　翌朝、ケインはビリーを連れてペギーの家に着いた。ピクニックバスケットには食べ物がぎっしり詰まっている。ビリーは昼食を大いに楽しみにして、まっすぐ作業に向かった。彼はペンキ塗りがとてもうまくなり、腕前も安定してきたので、ケインの指示で、天井と壁の境目と窓の周囲、回り縁を塗った。ビリーはほめてもらってご機嫌だった。

　しかし、リズは気がつくと、ケインを見ていた。ビリーに対する忍耐強さ、〈フレンド・インディード〉のためにいい仕事をしようという責任感、リズの扱い方。彼は彼女を元妻としてではなく、交際したい相手としてでもなく、仕事仲間として扱っている。

　いろいろな意味で、それは不思議だった。

「急げよ、ハーパー。同じ壁を何度も塗り直していると、来週末もここへ来ることになるぞ」

「了解。ごめんなさい」

「疲れたなら、休憩しろよ」

リズはケインに顔を向けた。「休憩？　休憩ってなに？　ビリー、休憩がなにか知ってる？」

「ぜんぜん知らない」

リズは笑ってペンキ塗りに戻ったが、ケインはため息をついた。「わかったよ。十分間休憩だ。そうしたら、また仕事だぞ」

二度言われる必要はなかった。リズは化粧室に行ったあと、一階へ下りてガレージへ向かった。ケインがクーラーボックスに水とソフトドリンクを入れておいてくれたのだ。彼女はダイエットコーラの缶を取り出し、蓋《ふた》を開けて飲んだ。

「申し訳なかった」

リズが缶を口から下ろして振り返ると、ケインがガレージに入ってくるのが見えた。「極端に愛想よくしなくていいのよ」

「愛想よくなんかしてないよ」

「してるわ。仕事に夢中で、作業員に休憩をとらせるのを忘れても、きっとあなたはあやまらないわ」

「そうだろうね」

「じゃあ、なぜ私とビリーには対応が違うの？」

「たぶん、うまく中間をとるのが苦手だからさ」

「ビリーは実社会に必要なすばらしい子よ。実社会には、休憩させるのを忘れる上司がいるかもしれないわ」

「ビリーの扱いには苦労していないよ」

なるほど。問題は私ね。二人ともおたがいがそばにいると、気分が浮き沈みしたり、ぐずぐず迷ったり、ゆれ動いたりする。おまけに、私たちには過去がある。客観的になろうとしても、ときどき過去が忍び寄ってくる。

「私たちは一緒に作業するべきではないのかもしれないわね」

手伝いを頼んだことは間違いだったと彼が認めるだろうとリズが思ったそのとき、ケインが彼女を驚かせた。「僕たちはビリーのことが好きなんだ。二人ともわかっているんだよ。今すぐ誰かがつかまえてやらないと、彼がどんなことに巻き込まれるかわかったものじゃない」ケインは彼女のまなざしを受けとめた。「僕たちならできるよ、リズ。彼を助けられる。救える。君はやってみたくないのか？」

リズは唾《つば》をのみ込んだ。「実を言うと、やってみたいわ」

「僕はビリーを助けるよ。できることはなんでもする」

ケインがリズにほほえみかけた。そのほほえみはとても温かくて率直で、リズは彼を見つめることしかできなかった。彼の濃い茶色の目に輝きが戻った。前髪が男の子みたいに額に下りている。でも、あのほほえみ。ああ、あのほほえみだ。それを見るためなら、三年前の私はなんでもしただろう。彼が変わったことを物語るようなほほえみだ。幸せで、親しみやすい人になったと言っているみたいだ。二人に過去がなければ、私に秘密がなければ、ケインこそ心を捧《ささ》げたい男性だと思うだろう。

でも、私たちには過去がある。私には秘密がある。

リズがコーラをごくごく飲んで、家の中へ戻ろうとしたそのとき、ビリーが出てきた。

「ねえ！　僕はまだ飲み物をもらってないよ！」

「とってきなさい。私は仕事に戻るわ。あなたとケインは必要なだけ休んで」

8

ケインはポルシェに飛び乗り、招待状に書かれた住所をＧＰＳに打ち込んだ。〈フレンド・インディード〉を支援してきた女性が主催するパーティに招かれたのだ。数分後、彼は中流の労働者たちが暮らす界隈《かいわい》の道を車で走っていた。

　このパーティには出席したくなかった。でも、〈フレンド・インディード〉の家の修理を買って出たことも、ビリーの面倒を見たことも、自分としては無理をしたつもりだったが、驚くほどうまくいった。だから、慈善事業にかかわる家族のための催しに参加すれば、もう一段階変われるはずだ。会場には雑談をする銀行員もビジネスマンもいない。どうにかして僕は……普通の人にならなければいけない。

　しかし、もう一度自分の苦手を克服してパーティに出席しようと決めたのは、リズに言われたことを考えずにはいられなかったからだ。アマンダの家に初めて行ったとき、依頼人に勧められたものはなんでも受け入れるように指示された。彼女たちが虐待によってどんなに勇気を奪われ、人格を傷つけられてきたかがやっとわかった今、リズとその家族が虐待されていた事実を考えると、彼女に関係するものの誘いを断るわけにはいかない。

　リズには僕に拒絶されたとか、彼女とその友達は力不足だとか思わせたくない。

　ケインは通りに車をとめ、ジョニ・カスターの家へ続く歩道を進み、玄関へ続く階段をのぼった。

　チャイムを鳴らすと、真っ赤なドアが二秒で開いた。敷居の向こうにリズが立っていた。ショートパンツとホルターネックのトップス姿がすてきだ。

二人の目が合い、リズは恥ずかしそうにほほえんだ。ケインはどきりとした。今、彼女は僕にほほえんでいる。僕を一人の人間として扱っている。仲よくせざるをえない者でも、好きなふりをしなければならない者でもなく。彼女のほほえみは本物だ。

「入って。みんなは中庭《パティオ》にいるわ」リズはケインの正装を見て顔をしかめた。「普段着でと伝えるべきだったわね」

ケインはすぐにネクタイに手を伸ばした。玄関広間に入りながらネクタイをはずし、それを上着のポケットに入れた。「なんとかなるさ」上着を脱いで、広間のコート掛けに引っかける。リズのあとについて、家の裏手にあるガラスの引き戸へと向かいながら、白いシャツの袖《そで》をまくった。「ほら、ふさわしい服装になった」

「まあ、完璧《かんぺき》ではないけど」リズは振り返って、もう一度彼にほほえんだ。「ましになったわ」

「知らない人ばかりの中へ入っていく前に、少し予備知識を与えてくれないかな」

「ジョニは私たちが最初に助けた女性よ。毎年バーベキューパーティを開くの。出席者のほとんどは〈フレンド・インディード〉の女性たちよ」リズはケインが曲げた肘に腕を通して、ふたたび引き戸へ向かった。「みんなに紹介してあげる。そのあとは自力でがんばってね」リズはパティオに出るとすぐに言った。「皆さん、こちらはケインよ。理事会の新メンバーで、家を直してくれているの」

人々の間に好意的なざわめきが広がった。

リズがケインのほうに体を傾けて耳打ちした。

「覚悟して。すぐに囲まれるわよ」

リズの警告は届いていなかった。ケインは、彼女が元夫だと紹介しなかったことがいいのか悪いのか、分析するのに忙しかったのだ。ある見方をすれば、彼女は二人の関係を新しいものと見なしている。別の見方をすれば、彼女は僕と結婚していたことに気まずさを感じている。そんなことを考えていたので、中年男性が近づいてきて、握手を求められたときには不意を突かれた。

「あなたがアマンダの家を直したんですか？」

「ほとんどがペンキ塗りでしたが」リズが離れていこうとしたので、ケインは手をつかんで引きとめた。「リズと僕で協力してやったんですよ」

「そんなに謙遜《けんそん》しないで」アイリーンがゆっくり歩いてきた。「家全体がすてきになったそうじゃない」

「そうなのよ」アマンダが歩いてきた。思いがけなくケインを抱き締める。「ありがとう」

ケインはほめられて当惑した。彼がしたのはとてもシンプルで簡単な修理だった。それがアマンダにとってはありがたいことなのだ。「それはあの家を気に入ったという意味？」

「気に入るなんて言葉じゃ言い表せないくらい」アマンダは笑いながら言った。

リズはどうしてもその場を離れたいというように、ケインの手を振りほどいた。「飲み物をとりに行っていいかしら？　あなたはなにがいい？」

「なにがあるんだい？」

「二人ともコーラにする？」

「いいよ」

リズが立ち去ったとたん、ケインはアマンダの家の修理や、今後修理する予定の四軒の家に関する質問をされ、それにうまく答えはじめた。

先ほどの中年男性はジョニの父親で、ボブと名乗った。彼とケインはバーベキューグリルのほうへ歩いていった。

「こちらは孫のトニー」ボブはハンバーグを引っくり返している男の子を紹介した。

ふいに視界の隅を黄色いものがさっとよぎったかと思うと、ケインは背の高い金髪の女性に腕をつかまれ、グリルから引き離されていた。「失礼、皆さん。ちょっと彼をお借りするわ」彼女はケインにほほえみかけた。「私はエリー。友達は私を〝マジック〟と呼ぶわ」

「マジック？　バスケットボール選手のマジック・ジョンソンみたいに？」

「違うわ。願い事をすると、たいていかなうという魔法が使えるの。それと、短い会話でその人のことがかなりわかるの」

「僕を質問攻めにするつもりなんですね？」

「あなたの正体を知ってるわ」

「僕は何者かを？」

「リズの元夫。彼女はなにも言わなかったけど、あなたをみんなに紹介したところを見ると、彼女はまたあなたを好きになっている気がするわ」

ケインは黙り込んだ。胸がどきりとした。僕がそばにいるときのリズの用心深さに新たな意味が加わった。僕は友達としてふるまおうと気をつけてきたから、心の奥にある恋心をリズは理解していないかもしれない。昔のようには僕に好かれていないと思っているかもしれないのだ。でも、僕の気持ちはあのときのままだ。彼女が望めば、もっと好きになる。

「本当かな？」

エリーはため息をついた。「本当よ。はぐらかさないで。あなたはすてきよ。リズはあなたを愛していたわ。元気になったあなたに恋している。彼女がそのことを隠しているとしたら、それはあなたに必要とされていないと思うからじゃないかしら」

ケインはにっこりせずにはいられなかった。

エリーは首を振りながらため息をついた。「うぬぼれてはだめよ。私は彼女の友達として、あなたが二度と彼女を傷つけないようにするつもりよ」

「その必要はない。僕が保証しますよ」

エリーはケインの顔を見つめた。「奇妙に聞こえるかもしれないけど、あなたを信じるわ」

リズがコーラの缶を二つ持って歩いてきた。「エリー！　なにをしているの？」

「彼を調べているの」エリーの声は少しも悪びれたようすがない。「ジョニを手伝ってくるわね」

リズはしかめっ面をケインに向けた。「ごめんなさいね」

「彼女は本当に魔法が使えるのか？」

リズは笑った。「彼女がそう言ったの？」

「ああ」

「じゃあ、気に入られたのね。それって、すごくいいことよ」

リズはさりげなく背を向けて歩いていこうとしたが、ケインは腕をつかんだ。「ここにいる人たちは君の友達なのか？」

「そうよ」

ケインはくわしい説明を期待したが、リズはしなかった。彼の手から腕をそっと抜いて歩き去った。

十分前なら、ケインはその態度にうろたえただろう。今はエリーの言葉が頭の中に残っている。〝彼女がそのことを隠しているとしたら、それはあなたに必要とされていないと思うからじゃないかしら〟

ケインはあたりを見まわして眉をひそめた。この人たちは彼女の友達だ。ここでは僕はどんな行動も起こせない。それくらいは僕だってわかる。でも、すぐに、本当にすぐに、エリーの意見を検証するために、なにかせずにはいられなくなるだろう。

ケインはグリルの前にいる男たちの輪に戻ったが、すぐに違和感を覚えた。居心地が悪いわけではない。混乱しているわけでもない。しかし、とまどっていた。まるで頭の隅にあるなにか重要なことを思い出そうとして思い出せないという感じだ。

男たちの話題は、子供、家賃、仕事の苦労話へと移った。ケインはどの話にも共感できなかった。彼には子供はいないし、住宅ローンも仕事の苦労もない。だから彼はなにも言わずにただ耳を傾けて、ビリーとの作業やアマンダのためにした仕事から学んだことを思い出して、彼らの話にあてはめてみた。すると突然、違和感の原因がわかった。

　それはリズが彼女の友達ばかりの中に彼を残していったからだ。一人で。彼の言葉を気にするでもなく。彼がうっかり誰かを傷つけることを恐れずに。

　彼女は僕を信頼している。
この僕を信頼している。

　そう考えるだけで、謙虚な気持ちになった。しかし同時に、その考えは、リズから友達以上の好意を寄せられているらしいというエリーの考えを、ある意味で証明するものだ。女性は大切な人々を誰にでもまかせるわけではない。

　ハンバーグが焼きあがり、ケインは大きな金属製のフライ返しですくいあげて、ボブが差し出した皿に盛った。すべてがテーブルの上に並ぶと、ケインはリズがいるピクニックテーブルに席を確保した。隣には座らなかった。彼女を驚かせたくなかったが、近くにいたかったのだ。リズがまたあなたに恋しているというエリーの言葉がしだいになじんできて、ケインは自信がつき、自分も同じ気持ちでいることをそろそろリズに知らせようと考えた。
よりを戻すのではなく、新たにやり直そうと。

　各テーブルにはあらゆる年齢のさまざまな大人と、その子供たちがいた。ハンバーグを食べながらフットボールや釣りの話をし、全員が満腹になると、バレーボールをした——ケインがイタリア製のローファーをはいているにもかかわらず。日が沈み、子供たちは暗くじめじめした夜の闇《やみ》の中へ怪談話をしに行き、大人たちはふたたびテーブルのまわりに集まって、子育てから経済まで、あらゆることについて話し合った。

全体として見れば、とてもなごやかな夜だったが、収穫の多い夜でもあった。リズはここにいる人々とうまくやっている。気楽に。楽しく。

それはケインも同じだった。

そろそろ二人の関係を正しい軌道に乗せる時期だ。今度は狡猾《こうかつ》に誘惑するのではなく、友達以上になりたいことをきちんと伝え、彼女も同じ考えかどうか尋ねるつもりだ。彼女に選択肢を与えるために。時間を与えるために。

それは、六年前に出会ったときにしたこととは正反対のことだ。

ガラスの引き戸が開いた。六歳ぐらいの子が叫んだ。「ねえ！　上着がぶーんぶーんっていってるよ」

みんなが笑った。

その子の背後に、年上の女の子が駆け寄った。

「誰かの携帯電話が振動してるの。コート掛けに吊《つ》るしてある上着のポケットの中よ」

ケインが立ちあがった。リズと一緒にいることに気をとられて、携帯電話のことを忘れていた。「僕のだと思う」彼はジョニを見てほほえんだ。「そろそろおいとまします。お招きありがとうございました」

ジョニが立ちあがった。「来てくれてありがとう。噂《うわさ》の男性にお会いできてうれしかったわ！」

どう解釈すべきかわからなかったので、ケインはリズのほうを向いた。「家を修理したことを言っているのよ」リズは立ちあがって彼の肘に手をからませた。「玄関まで送るわ」

リズはケインがおやすみを言うのを待った。二人は家の中を通って玄関へ向かった。ケインが上着をコート掛けからはずしたとたん、また電話がうなった。彼は発信者を見ずに振動をとめた。

リズは驚いて首を振りそうになった。彼がこのパーティでどうふるまうか、彼女の友達とどう付き合うか心配したが、考えるまでもなかったのだ。

　ケインは玄関のドアを開けた。「車まで送ってくれないか？」

　リズは息がとまった。楽しい夜を過ごしたのでなければ、彼に赤ん坊について話すのに絶好の機会だと思ったかもしれない。でも、今夜は楽しく、なごやかに過ごした。彼が彼女の友達と仲よくなろうとがんばっているようすを目にした。そして、それを立派だと思った。悲しい告白はまたの機会にしよう。

　リズはポケットからキーを取り出した。「あなたが私を車まで送ってくれる？」

　ケインはほほえんだ。「いいよ。君は中へ戻るとばかり思っていた」

「戻らないわ」

「エリーは君をきびしく取り調べるつもりだぞ。今夜は終わりにしたほうがよさそうだ」

「終わるとは限らないわよ。エリーなら、私が家に着く前に電話してくるわ」

　ケインは笑った。リズは幸せで胸が締めつけられた。私の友達を彼が好きになってくれることは、私にとってとても大切だった。〈フレンド・インディード〉の人々と交流するケインを見て、誇らしさでいっぱいになった。やっと彼はやさしくて、思いやりがあって、すばらしい男性になった。彼ならそうなれると、私はずっと思ってきた。

　車まで来ると、リズはケインに向き直った。二人はじっと見つめ合った。するとリズは突然気がついた。彼に車まで送ってと頼んだことが、おやすみのキスをするよう誘っているみたいに思えることに。

　リズの心臓はとまりそうだった。呼吸もとまりそうだ。かつて私はこの人を全身全霊で愛した。彼は地獄の苦しみを味わい、私はなにもできずにそばにいるしかなかった。今、彼は元気を取り戻した。

軽いキスをねだるのはそんなにいけないこと？　彼の顔がゆっくり近づいてくる間、リズには考え直すチャンスはいくらでもあった。頭の中を無数の警告がくるくるまわりながら通り過ぎた。恐怖にも似た感覚に、体の隅々まで震えが走った。

しかし、唇が触れ合ったとき、ふるさとに帰ってきたような感じがした。それまでの月日は消え去り、彼はリズが恋に落ちた当時のケインになった。兄の死に対する罪悪感に苦しむ前の、もしくは罪悪感を葬り去るためにがむしゃらに成功を求める前のケインだ。

私を愛してくれるケイン。

私のケイン。

彼の唇の下で、リズの唇が目覚めた。彼の手が彼女の腕をすべり、背中へまわって背筋を下りていった。リズはケインにもたれかかった。結婚していた三年間、この感触が恋しかった。離れていた三年間、この感触を忘れようとした。ぬくもり、絆《きずな》、体の中で散る欲望の火花。こんな気持ちにさせてくれる人は、ケインのほかにはいなかった。

ケインがゆっくりと体を離した。リズはまばたきして彼を見あげた。

「おやすみ」

暖かい夏の夜に、彼はやさしくささやいた。リズの唇はゆっくりと弧を描いた。キス。キスだけ。彼はそれ以上先には進まなかった。家までついてこいとも言わなかったし、私の家についていくとも言わなかった。彼はただキスをしたかったのだ。

「おやすみなさい」

「電話するよ」

「ええ」

リズは車のドアを開けて乗り込んだ。ケインがじゃまにならないよう車から離れると、シフトレバーをドライブに入れて、ゆっくりと夜の中へ走り出た。

頭の中で、そんなに喜ばないでと小さな声が言う。彼に対して本当に正直にはなっていないのだから。
でも、そうなるわ。
もうすぐ。
今はキスがくれた温かい余韻にひたっていたい。

ケインはかつて味わったことがないほどの心地よさと、希望に満ちた感覚を味わった。それは単に、リズが彼に対する好意をキスという形で認めたからではない。自分自身も変わったからだ。リズの友達を好きなふりをしたわけではない。実際に好きなのだ。退屈も緊張もせず、逃げ出して仕事に戻りたくなることもなかった。悲惨な結婚の償いをしたいという気持ちが優先順位を入れ替えたようだ。

車の幌《ほろ》を開けて帰路につくと、携帯電話が鳴った。リズを車まで送った際に音が鳴るように変更しておいたのだ。彼は電話機をつかんだ。小さな画面には妹の電話番号が表示されている。

妹？　日曜日の夜に少なくとも三回、電話をかけてくるなんて、どんな重要な用件だろう？　ケインは眉をひそめて電話に出た。

「どうした？」

「ケイン、やっと出てくれた。パパが病院へ運ばれたわ。ママが心臓発作だろうって。とても悪いの」

いい気分が不安の塊に変わった。妹の声の震えが伝わってくる。

「僕もそっちへ向かう」

ケインはすぐにアヴァの短縮ダイヤルを押した。彼女が寝ぼけ声で出た。「ケイン？」

「起こして申し訳ない。父が心臓発作を起こした。今夜カンザスに行かなければならない。デールを起こせるか？」彼は専属のパイロットの名前を告げた。

「今やっています」アヴァの口調は目が覚めてはきはきしている。「あなたは空港へ向かってください」

9

翌朝、リズは携帯電話の音で目が覚めた。ベッドわきのテーブルを引っかくようにして電話機をさがしあて、発信者番号を見て、はっとした。

ケインだ。

昨夜、彼にキスされた。私がしてほしかったのだ。それを思い出すと、胸が締めつけられた。私はずっと彼を愛してきたし、今は彼も私を愛しているようなそぶりを見せている。私のために動いてくれている。私が大切に思うことを、彼も大切に思っている。慎重に私の人生に入り込もうとしている。

私も望んでいる。注目、愛情、絆《きずな》を。その一方で、おびえている。かつて二人は失敗したから。

また電話が鳴り、リズは通話ボタンを押して、ためらいがちに言った。「おはよう、ケイン」

「おはよう」

彼の挨拶《あいさつ》はつっけんどんで、疲れていた。まるで一晩じゅう眠っていないかのようだ。しかもその原因はいいものではなさそうだ。

リズはベッドに起きあがった。「どうしたの？」

「昨日、父が心臓発作を起こした。僕は今カンザスにいる」

リズは枕《まくら》に背中を預けた。「まあ、大変。お気の毒に。なにか私にできることはある？」

「いや、僕はただ……」ケインは口ごもった。「ただ……」

ケインがまた口ごもったので、リズは目を閉じた。状況はわかった。彼は励ましが欲しくて電話したが、それを言いだせずにいる。言い方がわからないのだ。これまで人に励ましや助けを頼んだことがないから。

リズの目に涙があふれ、胸が締めつけられた。結婚していた三年間、彼に助けを求めてほしかった。でも、彼はそれができなかった。兄の死に気持ちの整理をつけ、しばらくの間私と過ごしたあと、彼はやっと私のほうを向こうとしている。

どうしてそれに応《こた》えずにいられるだろうか。

「カンザスまで来てほしい？」

「いや。君には会社があるし、こちらのことは僕たちの手には負えない。君にできることはなにもないよ」

「あなたの手を握ることはできるわ」

リズはやさしく言った。そして、彼がためらったことに驚かなかった。「今、僕は母の手を握っているんだ」

「お母さんにはあなたが必要よ、ケイン。こちらであなたのためになにかできることはある？」

「アヴァに電話して、僕が無事に到着したこと以外に、新しい情報はないと知らせてくれ」

リズはほほえんだ。そのささやかなやさしさも、三年前の彼からは想像できなかった——三週間前の彼からも。

「知らせておくわ。新しい情報があれば、いつでも電話して。私からアヴァに伝えるから」

「わかった」

リズは愛していると言いたかった。舌に乗ったその言葉は口から飛び出したくてうずうずしている。彼はその言葉を聞く必要がある。リズは言いたくてしかたなかった。しかし、お父さんの病状がよくなって、ケインが戻ってきたらどうなるだろう？たった五文字の言葉のせいでぎくしゃくしたり、二人が築こうとしているはずの関係を越えたりするのではないかしら？また失敗するのでは？

「また電話する。じゃあな、リズ」

「じゃあね」リズは電話を切り、座ったまま電話機を見つめた。彼は私に電話してきた。秘書にではなく。彼はかつてないほど私の言うことを聞いた。代わりにアヴァに電話してくれとまで言った。

彼は明らかに変わった。

いろいろと考えなければならないわ。

昼になり、エリーがアイスティーとサンドイッチを持って、〈ハッピー・メイド〉のオフィスに立ち寄った。「このいい女！　なにがあったの？」

エリーがアイスティーとサンドイッチをデスクの上に置くと、リズは読んでいたパソコンの表計算ソフトから顔を上げた。「いつ、なにがあったって？」

「ゆうべ、元夫と」エリーはデスクごしにリズを小突いた。「彼はあなたに戻ってきてほしいのよ。あんな靴でバレーボールをする理由がほかにある？」

リズは大きく息を吸った。「実はそれが問題なの。彼はよりを戻したがっているんだと思うわ」

エリーは座った。「よくないという口ぶりね」

「結婚は最悪で、二人とも傷ついて別れたのよ」

「それはお兄さんが亡くなって、彼が殻に閉じこもったからでしょう」エリーは袋からサンドイッチを取り出した。

リズはそれを受け取った。「もっといろいろあるのよ。私は彼が付き合う企業家やその妻たちになじめなかった。彼が開くパーティの計画を立てられなかった」今はそんなことはない。先日ディナーパーティの後片づけの際にケインに説明したように、私は成長した。変わったのだ。「彼は重要なプロジェクトがあると、よく私の前からいなくなったわ。私は三年間、一人で過ごすことが多かった」

「今回は状況が違うんじゃないかしら」エリーはサンドイッチにかぶりついた。「魔法が使えない人でもわかるわよ。彼は変わった。熱心だし、興味を持っている」彼女はリズのほうへちらりと目を向けた。

「それに、あなたも前と違う」

「私たちはずいぶん変わったから、実のところ、おたがいのことを一から知らなければならないの」

「でも、それはいいことだわ。過去の二人は結婚に失敗したんだもの」エリーはリズの手をぽんぽんとたたいた。

「私たちの唯一の共通点はセックスよ」

エリーが笑った。「それと〈フレンド・インディード〉もね」

「そうね。でも、彼が〈フレンド・インディード〉のために働くのは、私と接触するためよ」

「最初はそうだったかもね。でも、ゆうべ会った彼は、心から私たちと知り合おうとしていた。ビリーの面倒も見ている。それに、さらにボランティアの仕事を買って出たのよ。彼は長期戦の構えよ」

それも、彼の会社に最初の危機が訪れたり、仕事関係の人々がビリーよりも大切になったり、彼のベッドに戻った私とじゅうぶん一緒に過ごしたと考えたりするまでのことだわ。

リズは目を閉じた。心変わりの種が多すぎる。

ケインは毎日電話してきた。そしてリズはアヴァに電話した。「彼は金曜日の朝に帰ってきます」リズは週明けの月曜日に伝えた。「父親は手術から順調に回復していますが、念のため、あと四日いたいそうです。母親は落ち着いています。両親には妹がついています」

アヴァは明らかにほっとした声で言った。「よかったわ。ケインは金曜日に仕事をしに来るかどうか言いましたか?」

「言わなかったわ」

「念のため、準備はしておきます」

「それがいいですね」

「ええ」

ぎこちない沈黙が流れ、リズは言った。「では、これで失礼します」

　ところが、アヴァは電話を切る挨拶をする代わりに言った。「ケインがあまり人を頼らないことはご存じですよね？」

　話の進む先がよくわからないので、リズは手短に答えた。「知っていますが」

「彼があなたに頼ることは重要な意味があるんじゃないかしら」

　リズはごくりと唾《つば》をのんだ。今わかった。ケインが私に秘書と連絡をとらせている事実は、ケインと私につながりがあることを示している。アヴァがさぐりを入れたり、ほのめかすようなことを言ったりするのは、彼が傷つくのを見たくないからだ。

「また彼から電話があったら連絡します」リズはアヴァが望む真剣な話し合いをせずに明るく言い、さよならを言って電話を切った。

　ケインが助けを求めてきたことには重要な意味がある。そのことは誰よりもリズがよく知っていた。でも、我を忘れて恋愛に飛び込むことはできない。慎重にならなくてはいけない。利口にならなくては。私が恋に身をゆだねるにしても、今回は状況が本当に違うことを、ケインは証明しなければならない。

　ケインは金曜日に戻ってくると、父親の術後の経過について、興奮しながら電話でリズに報告した。すでに正午になっていたので、ケインの家の掃除はずいぶん前に済み、その日二軒目の家に向かうところだった。ケインに家に来るよう誘われたが、金曜日は八時間分の清掃作業が入っていたので断った。

「じゃあ、明日の朝会おう」

「フラン・ワトソンの家で？」

「ああ。アイリーンが言っていたのはその家だ」

　リズは翌朝早く起きて、ジーンズとタンクトップを着て、フラン・ワトソンの家へ向かった。

建物全体の床を新しくする必要があるため、リズは私道に車をとめたとき、ケインのトラックの荷台から安売りのカーペットや下地材をまるめたものが突き出しているものと思っていた。それかせいぜい、安価なタイルかリノリウムだろうと。ところが、ケインとビリーが下ろしていたのは、オーク材の床材が入った箱だった。

「まあ、ケイン！　これはやりすぎよ」

「そうでもないよ」ケインはトラックから重そうに箱を下ろした。リズは見ないように努力したが、やはり見ずにはいられなかった。Tシャツの下で動く筋肉を見ると、海辺でバレーボールをしながら、楽しく笑って過ごしたころを思い出した。

リズは顔をそむけた。気づいたり、思い出したりするのをやめて、彼に起きた変化が一時的なものでないという証拠を真剣にさがさなくてはならない。彼が私を傷つけたり、結婚後に見捨てたりしないという証拠を。本当にやり直したがっている証拠を。

リズはケインが父親のことを話すか、前回のキスについて気まずそうにするだろうと予想していたので、彼の言葉に驚いた。「あの硬材はディスカウントストアで手に入れたんだ」

これが毎日のように電話で父親について報告してきたのと同じ人だとは信じられなかった。金曜日の午後を一緒に過ごしたがった人であることも。今の彼はとてもよそよそしくて、そっけなかった。

もちろん、二人は仕事中だ。それに、数メートルと離れていないキッチンにビリーがいる。

「建物全体にたりる分を？」

「キッチンにはタイルかなにかを張って、寝室はカーペットにする」ケインはリズと目を合わせた。「個人的には、目が覚めてベッドから出たときは、カーペットのやわらかい感触が好きなんだ」

思い出したくない記憶がまたよみがえった。ケインはカーペットもタオルもパジャマもやわらかいものが大好きだった。特に私のパジャマだ。それは私を好きな理由の一つでもあると言ったことがある。私はやわらかい素材の服を着るだけではない。私自身がとてもやわらかいのだ。私ほどやわらかい女を抱いたことがなかったという。何年たっても、彼のほめ言葉からは幸せのぬくもりを思い出すことができる。だからケインはその話をしたのだ。

　ビリーが床材の箱を肩にかついで近づいてきた。

「彼の話は聞くべきだ。すごく頭がいいんだから」

　ケインはほめられて顔をしかめたが、リズは笑い、ビリーが現実に引き戻してくれたことに感謝した。

　ビリーがキッチンに入ってドアが閉まると、リズはケインに向き直った。「ビリーはあなたの公式ファン第一号ね」

「熱狂的なファンにはなってほしくないよ。一つ間違えば、友達になることで築きあげてきたいい関係が水の泡になる」

「教えつづければ大丈夫よ」リズはトラックの荷台にある箱の山と丸のこテーブルに目を向けた。「私はなにをするの？」

「材料の切断をやってもらおうかな」

　リズは丸のこテーブルの上の危険そうなのこぎりの刃を見つめた。「あれを使うの？」

「ゴムハンマーを振るうにはビリーの力が必要なんだ。釘《くぎ》打ち機は僕の担当。君にはのこぎりが残る」

「そんな！」

「君ならできるよ。見た目ほど複雑じゃないから」

　結局、午前中の大半は、対象となる部屋の古い床材をはがして、ケインが裏庭に設置した鉄製の大型のごみ箱に廃材を捨てる作業に費やされた。彼は保護眼鏡と手袋などの必要な道具と、さらに昼食を持ってきていた。

「これを全部用意する時間がよくあったわね」

「昨日はオフィスに長居しなかったんだ。重要なメッセージの処理をしたあと、アヴァに昼食と保護眼鏡などの手配を頼んで、建築資材の店に向かった」

「それを昨日やったの？」

「そうだよ」

〝一週間まるまるオフィスを留守にしたあとでは、仕事に戻って大忙しなんじゃないの？〟とリズは尋ねたかったが、やめておいた。彼の行動が、口にできたはずの言葉よりも雄弁だったからだ。

新しい床を張る作業が始まり、リズは何枚か床材を切ったが、ビリーも自分で敷く分を切った。ケインがリズに丸のこテーブルの使い方を教えたとき、彼も見ていたのだ。ビリーとケインの働きぶりは、数週間ではなく何十年も一緒にやっているチームのようで、リズは二人の連携のよさに驚いた。ビリーに対するケインの辛抱強さにも驚いた。ビリーがそばにいると、リズに対する態度までやさしくなる。

キスのことも、リズに助けを求めて電話したことも、話題にのぼらなかった。でも、ケインがリズを見るまなざしは、彼女への思いが大きく強くなっていることを言葉よりも雄弁に語った。二人の手が偶然触れたとき、ケインはなかなかその手を引っ込めなかった。触れていたいが、今は時と場所がふさわしくないことをわかっているかのようだった。

その日の終わりに、ケインとビリーは道具類をトラックに積み込んだ。「あと一日で硬材は張りおわる。来週はカーペットを敷く。再来週はキッチンにリノリウムを張る。簡単だな」

彼は言いおえると携帯端末にメッセージを打ち込んだ。今日の成果をアイリーンに報告したのだろう。

ケインはトラックに飛び乗った。ビリーも同じように助手席に乗り込んだ。キーをひねると、トラックのエンジンがうなりをあげた。

リズは自分の車に乗り込んだ。ケインのトラックが私道から通りへ出ていくと、がっくりとハンドルに頭をのせた。

　彼が私に電話したことを大げさに考えたり、ジョニのバーベキューパーティの夜にキス以上のことをしなかった理由がやっとわかった。二人が築いてきた生活が、彼にとっては普通になったのだ。私と一緒に家を直し、ビリーを指導し、私に電話で家族の話をし、キスをすることが。彼はまるで別人だ。まったく違う生き方にだんだんと慣れてきたし、私のことも少しずつ慣らしている。次に二人きりになったら、彼は仲直りの提案をするに違いない。

　リズは頭を上げてエンジンをかけた。彼に話すべきことがあるのを忘れたわけではない。ふさわしい機会を待っていたのだ。でも、ようやくわかった。ふさわしい機会は魔法のようにできるわけではない。

　ケインのところへ行かなくては。彼の家に。そして、二人の過去の最後の秘密を打ち明けよう。

10

　月曜日の朝、アヴァがインターコムでリズから電話がかかってきたことを告げると、ケインはデスク用の椅子に座って受話器をとった。「リズ？」

「あなたの秘書が私を嫌ってることは知ってる？」

「アヴァが？　彼女は誰も嫌ったりしないよ」ケインは一瞬口をつぐんでから言った。「でも、君が電話してくれてうれしいよ」

　リズはため息をついた。「私が電話している理由も知らないくせに」

　ケインは彼女が自分を恋しがって電話してきたと思っていた。職場や〈フレンド・インディード〉以外の場所で会いたがっているのだと。でも、彼女はただ話をしたがっているということにした。「僕と話をしたいんじゃないかな」

「そうよ。二人きりでね。今夜会ってくれる?」

二人きりで? ケインは信じられない思いで椅子の背にもたれ、そして体を起こした。「いいよ」

「六時ごろ家に行くわ。仕事のあとすぐにね」

「楽しみにしてるよ」ケインは電話を切った。「アヴァ! 僕の家にシャンパンと花束が必要だ」

アヴァが歩いてきてドア枠にもたれかかった。

「なぜそんなものが必要なんですか?」

「今夜お客さんが来るんだ」

アヴァが目を細めた。「〈ハッピー・メイド〉の女性ですか?」

おや、リズの話は的はずれではなかったのか。アヴァはリズが嫌いなのか。「なにか問題でも?」

「ケイン、あなたはお金持ちです。あなたはくだらない人々は好きではないでしょう、お忘れですか? あなたが〈フレンド・インディード〉のために働いていたことには驚きましたよ。それで、リズ・ハーパーがどんなに美人か思い出したんです」

「なぜ君が気にするんだ?」

「心配なんですよ。最近あなたらしくないことばかりしているから、危なっかしくて」母親そっくりの言い方をして、アヴァは部屋に入ってきた。「彼女が財産めあてでないと、どうしてわかるんです?」

「別れたときに、彼女は離婚扶養料を断ったから」

アヴァはあっけにとられた顔をした。「別れた奥さんなんですか」

「こうなる前に話しておくべきだったな」

アヴァは目を細めてケインをにらんだ。「別れた奥さんとかかわるのはいい考えではありませんよ」

ケインはデスクの上の仕事に注意を戻した。「僕だって昔の妻とはよりを戻したくないよ」昔はうまくいかなかった。新しい関係になりたい。もっといい関係に。新しいリズと。

「それなのに、なぜシャンパンと花束なんです？」

アヴァを無視しようと、ケインはペンでデスクをとんとんとたたいた。アヴァとは個人的な会話をほとんどしたことがなかった。彼女は生活に必要な雑務をこなしてくれるし、誰よりも僕のことを知っている。それでいながら、礼儀はわきまえていた。今、彼女がその一線を踏み越えたことが信じられない。

「ケイン、あなたがなにかたくらんでいることぐらいわかりますよ。なぜ相談してくださらないんですか？　お手伝いできるかもしれないでしょう？」

手伝い？　僕は恋愛話どころか、仕事仲間の話すらしない男だぞ。でも、結婚を破綻《はたん》させたのは僕がなにもわかっていなかったからだ。今はリズとの関係が前進しているかもしれないが、言葉一つ間違えば、すべてがだいなしになる。

手伝ってもらってもいいんじゃないか？

「昔の妻とよりを戻したくないというのは、もう一度始めからやり直したいという意味なんだ」

「どう違うんですか？」

「リズは変わった」ケインは椅子の背にもたれて、ペンをデスクにほうり投げた。「僕もずいぶん変わった。二人の関係を違うものにしたいんだ」

アヴァはデスクに近づいた。「本気なんですね」

「これ以上ないほどにね。本気で愛した女性は彼女だけだ。兄を亡くしたときに結婚生活がうまくいかなくなった」アヴァには、不幸な結婚生活がリズのせいではなかったことがわかる程度に話そう。「僕は自分の殻に閉じこもりがちになって、彼女を一人ぼっちにした。彼女が出ていったときは驚かなかった。彼女ほどやさしくて、誠実で、すばらしい人には会ったことがない。ほかの女性なら、半年で出ていっただろう。彼女は三年もいてくれた。そして僕は彼女を傷つけた」ケインは息を吸った。「彼女は僕を求めるべきではないんだ」

「でも、彼女に求められていると思うんですね？」

「まだ僕を愛していると思う」

「まあ」

「それで彼女を取り戻したいと思うんだが、どうすればいいのかわからない」

「彼女を取り戻すことが正しいと、本当に思うんですね？」

「もちろんだ」

「彼女を二度と傷つけませんか？」

ケインは笑った。僕に非があったことを知った今、アヴァがリズの肩を持つのはしかたがない。

「約束する」

「いいでしょう。では第一に、私だったら、前回と同じことはしません」

「それは問題だな。前回は高級レストランでごちそうして、誘惑した。それがだめとなると……」アヴァと目が合った。「僕が彼女に気があることをどうやって知らせるんだ？」

「方法はたくさんあります。でも、シャンパンと花束はいけません。昔と同じですからね。おまけに、今の彼女は実業家です」アヴァは顔にしわを寄せて、しばらく考え込んだ。「彼女は何時に来るんです？」

「六時だ。仕事を終えてすぐに」

「ディナーを作ってごちそうしてあげなさい」アヴァはデスクの前の椅子に腰を下ろした。「この件は働く女の言葉を信じて。現実主義でいきましょう」

「僕はこの数週間、現実を重視して過ごしてきた。仕事仲間だというふりをして」バーベキューのあとのキスのことは話さないでおこう。そのすてきな思い出は頭に残ってはいたが、そのあとの二週間をカンザスで過ごしたせいで、あのキスについて話したり、リズとの関係を進展させたりできたはずのチャンスを失ってしまった。カンザスから戻ったとき、ビリーの前ではただの友達どうしのふりをしなければならなかった。プライベートな時間は貴重なので、無駄にしたくない。「ロマンティックなことができるのは、これが唯一のチャンスかもしれない」

「ロマンティックなことをするなとは言っていませんよ。まずは現実を重視するんです。彼女に食事を作って、普通の会話をする。それからお望みどおりにロマンティックなことをしてください」

「わかったよ。君のやり方でやってみる」

六時まであと十五分になった。グリルの上ではステーキがじゅうじゅう音をたて、冷蔵庫の中にはビールが入っている。

ちょうどステーキをグリルから下ろそうというとき、玄関のチャイムが鳴った。ケインは玄関へ急ぎ、ドアを開けてリズを引っ張った。「ステーキをグリルから下ろさなければならないんだ。ついてきて」

リズは彼のあとについてキッチンに入り、中庭《パティオ》に面したフレンチドアへ向かった。「私のために料理なんてしなくてよかったのに。そんなに長居できないのよ」

「小さなステーキを食べるぐらいはいられるさ」

ケインはパティオのひんやりした石の床に下りた。

リズは敷居のところで立ちどまった。「すてきね」

ケインは黄色い長椅子のそばであたりを見まわした。広いプールの青い水面に日ざしがきらきらと反射し、パラソルつきのテーブルをおおう白いクロスが、裏庭のすぐ向こうの海から吹く風で、ぱたぱたと音をたてている。ケインはそれがどんなにすてきな風景かほとんど気づいていなかった。グリルで料理したり、ときどきプールを使ったりする以外に、ここへ出てくることはない。過去六年間、仕事ずくめで、たくさんのことを見落としてきた。自分が持っているものを楽しまなかった。出会ってきた人々と楽しく過ごさなかった。

おそらく、アヴァが現実を重視しろと言ったのはこういう意味だろう。普通になれと。

「冷蔵庫にビールがあるよ」

リズは歩きかけて立ちどまった。「ビール？」

「ああ。君と僕の分を持ってきてくれ、その間に僕はこのステーキを火から下ろすから」

「いいわ」

リズが戻ってくるまでに、ケインは二枚の皿にステーキとアルミホイルで包んだじゃがいもと野菜をのせた。どちらもグリルで調理しておいたものだ。

リズはケインが用意した食べ物を見ながら、ビールを彼に渡した。「おいしそうね」

ケインは肩をすくめて、座るよう身ぶりで示した。

「グリルの上にのせれば簡単なんだ」

「感心したわ」

ケインはリズの向かい側に座った。「感心なんかしてほしくないよ。食べてほしいんだ」

リズはアルミホイルを開いて、バターとサワークリームに手を伸ばした。「私と会うことを少しは大切に思って、本気で腕をふるってくれたみたいね」

ケインは笑った。「僕はありのままの君が好きだよ」口からほめ言葉が飛び出しても、驚かなかった。アヴァは普通にしろと言ったが、彼はそれを本当の自分としてふるまえという意味に解釈した。リズをほめたのは本心からだった。しかし、リズは照れて、かわいく頬を染めた。

ケインは彼女がどんなに美しいかを言いたかったが、アヴァの言葉がふたたび頭の中で響いた。〝現実主義でいきましょう〟最初のとき、彼は現実を重視しなかった。その結果、二人はたがいを知らないまま結婚した。

「君の家族について話してくれないか」

リズは彼を見あげた。「話したわ。忘れたの？」

「お父さんと……君の過去についてはね。今は君の家族に興味がある。お姉さんと妹さんがいると言ったね」

リズは唇を湿して時間を稼いだ。話すべきか、なにを言うべきかを考えているのは明らかだ。ケインの心臓はとまりそうだった。いよいよだ。彼女が本物の関係を築きたいかどうかが試される。

僕がこの状況を読み誤っていたことがあるだろうか？　カンザスへ発《た》つ前のキスを？　父の具合が悪かったとき、彼女が頼みの綱だったことを？〈フレンド・インディード〉の家々での興奮したようす、触れ合ったときになかなか離れなかった手を？

「母は看護師よ」

ケインはほっとした。「そうなんだ」本心とは裏腹に冷静を装い、野菜を包んでいるホイルを開いた。彼女にくつろいでもらうには、自分がくつろがなくては。「きょうだいはなにをしているんだい？」

「姉は医師助手で、妹は製薬会社の営業部員よ」

「興味深いな。みんながなんらかの形で医療に携わっている」ケインはブロッコリーを少しかじった。

リズはステーキを細く切った。「私以外はね」

「君だって人助けをしているよ」

「そうね。でも、私の学位は経営学。私は母の強《きょう》靭《じん》な神経を受け継がなかった。医学の道には進めなかったの。一家の反逆児よ」

「僕もだ。父は工具類を扱うチェーン店のオーナーだった。僕はマイアミで工具類を使う会社を三つ経営しているが、どれも工具は扱っていない」

「あなたがなぜカンザスで家業を手伝わないのか、ずっと不思議だったわ」

「僕が学校に上がるころに、経営が苦しくなった。だから僕は自力で大学を卒業したんだ」ケインは首を振った。「でも、なんて皮肉な幸運なんだろう。おかげで、僕は好きな仕事につけた」

「あなたは幸運だったわ」

その言葉を口にしたとたん、リズは後悔した。ケインは仕事運には恵まれたが、人生では違った。自分が運転する車で事故にあって兄を失い、結婚には失敗した。今、私はもう一つの悲しい出来事を彼に伝えるために、ここにいる。彼が幸運だなどと愚かなことを言うまでは、会話は正しい方向へ進んでいたのに。

「僕は幸運だったけど、全体的にそうだとは言えない。自分の人生をどうしたいのかがわかったら、それを実現させる努力をしなければならなかった」

リズは自分の言葉を悪意にとられなかったことに、ほっと息をつきそうになった。「たしかにそうね」

「だから、今夜君が話をしたいと言ってくれて、うれしいよ」ケインはテーブルごしに手を伸ばし、リズの手を握った。「うまく言えそうもないんだが、僕はこの数週間の僕たちの関係を続けることはできない」彼はリズの呆然《ぼうぜん》としたまなざしを受けとめた。「僕は仲直りをしたいんじゃない。二人とも過去には戻りたくないんだ」ケインは彼女の手を唇に押しあてた。「でも、一からやり直してはいけない決まりはない。僕たちは以前とは違う——」

リズの息が肺の中で凍りついた。遅れをとったわ！　今すぐきちんと話さなければ。「ああ、ケイン、過去がないふりなんてできないわ」

「できるよ」

「できないの！」リズは息を吸って気持ちを落ち着かせた。「ケイン、私たちには折り合いをつけなければならない過去があるの。私があなたのもとを去ったのは、流産したからよ。それを乗り越えるために、助けが必要だったの」

ケインの幸せそうな顔がショックの表情に変わった。「君は妊娠していたのか？」

「そうよ」

「それを僕に言わなかったのか？」

「言えなかった――」

突然、リズの携帯電話から音楽が流れた。彼女はジーンズのポケットから電話機を取り出した。アイリーンからだ。出るのをやめようとしたが、〈フレンド・インディード〉からの電話は無視できない。

リズは申し訳なさそうにケインを見て、電話に出た。「もしもし、アイリーン。どうしたの？」

「今夜、緊急連絡が入ったの。ロジャーソンの家はきれいになってる？」

〝緊急〟とは、女性が夫か恋人のもとを飛び出してきたことを意味する。彼女は精神的にも肉体的にも傷ついているかもしれない。子供を連れている可能性もある。

リズは姿勢を正して集中し、ケインから目をそらした。「ええ。準備はできているわ」

アイリーンはほっと息をついた。「よかった。その家族に会いに行ってもらえる？」

「もちろんよ。三十分で行けるわ」

「あわてなくていいわ。一家は移動中なの。到着までだいたい四十分ぐらいかかるわ」

「十分の余裕があるわね」ケインにきちんと説明する時間は十分間だ。「あとで電話するわ、一家が新居に落ち着いたあとに」リズは電話機を閉じて、ケインの目を見て言った。「ごめんなさい」

「それは君のせいではない流産のこと？　それとも、妊娠を僕に告げなかったこと？　それとも僕が考えをめぐらせないうちに君が行ってしまうこと？」

「その三つ全部よ」

ケインは首のうしろをさすりながら顔をそむけた。リズは彼のことが心配で、不安が背筋を這《は》いおりた。彼には自分を責めてほしくない。彼自身に腹を立ててほしくない。

「質問があるのはわかるわ。すべてに答えられるかわからないけれど、答えるよう努力するわ」

ケインはもう一度リズに顔を向けた。「もういいよ」彼は肩をすくめた。「僕たちは間が悪かったんだ。君は話すべきことを話した。赤ん坊を失ったことには驚いているけど、僕は受けとめられる」

リズの電話が鳴った。無視したいが、〈フレンド・インディード〉が緊急態勢をとっているときは、関係者に召集がかかり、おたがいに連絡をとって、それぞれがなにをするか調整する。電話連絡を無視することはできない。

リズは電話機を開いた。「もしもし」

「エリーよ。ロジャーソンの家に食料雑貨を準備しするのは誰？　あなた、それとも私？」

「あなたがやってくれる？」

「いいわよ。じゃあね、ボス」

リズは電話機を閉じた。ケインのためにこの場にいたいが、彼はうまく折り合いをつけたようだ。そして〈フレンド・インディード〉の家に駆け込んでくる女性には、私が必要だ。こういうときのために、訓練してきたのだ。

リズが口を開く前にケインが言った。「行けよ。僕は大丈夫だ」リズがケインをまじまじと見ると、彼は弱々しくほほえんだ。「本当に大丈夫だから。電話する」

リズは立ちあがった。「電話してこなかったら、私からかけるわ」

ケインはまたほほえんだ。今度は力強い笑みだ。

「わかったよ」

リズは家の中を通って玄関に向かった。車に向かう途中で立ちどまり、うしろをちらりと振り返った。彼はきちんと納得してくれたから、もしかしたら、本当にもしかしたらだけど、私たちは彼が望む新たなスタートを切れるかもしれない。

11

次の土曜日、ケインはシャワーを浴びながら自分をののしった。月曜日の夜以来ほとんど寝ておらず、眠れば、頭がおかしくなりそうな夢を見た。リズのピンク色の肌のなめらかさ。恋の苦しみに欲望をくすぶらせるグリーンの目。胸に彼女の歯があたる感触。

彼女を欲しがってはいけない。自分を必要としてくれない人を欲しがるほど、僕は愚かではない。彼女が僕から去った本当の理由がわかった今、彼女が僕と一緒になにもしたくないのは当然だ。

リズの秘密が流産だけだったら、きっと僕は自分に非はないと認めることができただろう。しかし、僕が自分のことばかり考えていたから、妻は妊娠を告げられなかった。そのことに関しては、自分を許せるはずがない。妊娠を告げられていたら、僕は元気を取り戻し、結婚生活の溝に橋がかかって、二人は一緒にいられたかもしれない。そのことについて、自分を許せるはずがない。

ケインはシャワーから出て、タオルをつかんだ。ぐるぐる同じことを考えても、なにも変わらない。しかし、一緒に過ごした最後の数カ月の思い出が新しい意味をおびて、それが頭から離れないのだ。

それに、僕は自分を許すことができない――許すつもりはない。

アマンダの家に着いたケインは、ビリーにゆっくり支度するように言った。リズと会うのを遅らせたかったからだ。その後リズには電話しなかったが、彼女からもかかってこなかった。〈フレンド・インディード〉の家に新しい家族が移ってきて、忙しいのだろう。そういうことならありがたい。一人になりたかったからだ。流産の件は話し合いたくない。それ以上に、彼女のそばにいなかったことを、〝問題ない〟と言われたくない。問題ないわけがないのだ。自分の無関心のせいで、妻がなにも言えずに苦しまなければならないなんて最悪だ。

しかし、彼女を一週間避けつづけることで都合が悪いのは、流産の話をして以来、二人が初めて会う場面をビリーに目撃されることだった。

ケインはフランの家の人気のない私道にトラックを乗り入れた。「リズはいない」彼は声に出してつぶやいたことにほとんど気づいていなかった。

ビリーがトラックのドアを押し開けた。「今夜はなにか大きなパーティがあるんじゃなかった？」

ケインはビリーのほうを向いた。「〈フレンド・インディード〉の資金調達パーティだ」月曜日の夜に入居した新しい家族の世話に加え、リズはダンスパーティの最終準備で、一週間ずっと忙しかったのだろう。

ビリーがトラックから飛びおりた。「リズが全部を取り仕切っているんだよね？」

ケインはうなずいた。

「じゃあ、ここには来ないよ」

ケインは全身でほっと息をついた。だが、そこでやっと思い出した。今夜のダンスパーティで彼女に会うことを。

欠席しなければだが。

あらゆることを考慮すれば、欠席するのが正しい行動というものだ。僕のためではなく、彼女のために。彼女にしてみれば、僕の姿を見たとたん、せっかくのパーティはだいなしだ。僕は悪夢のような夫だった。再会して以来、僕が彼女に与えてきた重圧を考えれば、パーティへ行かないことは、彼女に対する思いやりだ。

　それからの八時間、ケインは常に忙しくしていたので、リズや資金調達パーティや悲惨な結婚について考えずに済んだ。しかし、一日の終わりに、アイリーンとの約束を思い出した。パーティ客に自分が携わった活動について話し、ほかの建設会社や事業者たちに、もっと直接的なかかわりを持つよう働きかける約束だったのだ。だから、姿を見せなければ、アイリーンは気を悪くするだろうし、リズは心配するだろう。

　これ以上リズに心配をかけたくない。彼女に迷惑はかけない。僕は責任を果たしてパーティに行く。でも、彼女のことはほうっておこう。

　リズはパーティ会場を提供してくれたレオナード・ブリル夫妻の邸宅で一日を過ごした。ぎりぎりに到着する配送品や細かい確認をしたあと、空いている寝室で着替えをした。

　催し自体は大きなものではない。出席者は百名。だからブリル邸はうってつけだった。贅沢《ぜいたく》な広さがありながら、親密な雰囲気が失われるほどではない。招待される人々は皆、大口の寄付をしてくれる。リズは去年の寄付額を大幅に上まわることを期待していた。ケインが招待した新しい客がいるので、さらに期待は高まった。

　招待客が到着する予定時刻の十分前に、リズは誰もいない舞踏室に入っていった。ケイン。彼の名前を思い浮かべるだけで緊張する。彼から約束した電話はかかってこなかったが、リズはダンスパーティとロジャーソンの家に新しく入居した一家のこと、〈ハッピー・メイド〉の仕事で精いっぱいだった。おそらく彼はそれを知っていて、大事な週に余計なストレスを与えたくなかったのだろう。

「すてきね！」ピーチ色のスパンコールドレスを着

たアイリーンが、うきうきとダンスフロアを横切ってきた。リズは肩ひものない赤いドレス姿でくるりとまわってみせた。

そこへエリーも加わった。水色のホルターネックのドレスを着て、華やかにカールしたブロンドの髪を垂らした姿は本当に美しい。「二人とも街じゅうの評判になるわ」

リズは笑った。「それはあなたのほうよ」

「私たちは自分の特別な男性を喜ばせることで満足するべきね」エリーが言った。

「夫は大喜びじゃおさまらないわ」アイリーンは笑ったが、すぐに眉をひそめ、目を細めてリズを見た。「エリーのデートのお相手がライフガードなのは知っているけど、あなたの特別な男性のことは聞いていないわ」

リズは顔が赤らむのを感じた。

「ほら、どうしたの！」エリーがたしなめた。「ケインのことを話しなさいよ！」

アイリーンが眉を上げた。「私たちのケイン？」

エリーが内緒話でもするように体を傾けた。「〈フレンド・インディード〉のケインになるずっと前は、リズのケインだったの。別れた夫なのよ」

アイリーンがあんぐりと口を開けた。「まさか」

「私の勘では」エリーが抑揚のない口調で言った。「もうすぐ二人は〝元〟夫婦ではなくなるわ」

「本当に？」アイリーンがリズに顔を向けて尋ねた。

リズはため息をついた。「わからないわ」

エリーがふざけてリズの腕をぴしゃりとたたいた。「もっと自信を持たなくちゃだめよ。あの人はあなたを愛しているわ。顔を見ればわかる」

「でも、私たちにはいろいろと問題があるのよ」

「彼を愛しているの？」アイリーンが尋ねた。

「愛するのをやめようなんて思ったこともないわ」

口に出したとたん、リズはそれをつくづく実感した。

だから流産したことを告げるのがこわかったのだ。彼を傷つけたり、失ったりしたくなかった。私は彼を愛している。ずっと愛してきた。秘密を打ち明けた今、やっと私たちは人生を進むことができる。

「じゃあ、魔法を使える友人を信じなさい。その友人が彼はあなたを愛していると言うなら、そのとおりなのよ」エリーはリズの手をぽんぽんとたたいた。

ケインは石畳の歩道を歩いて、ブリル邸の凝った造りの玄関へ向かった。歩道の両わきに配された一対の噴水は、ブルーとゴールドにライトアップされている。十段の石段を上までのぼると、立ち並ぶ石柱がカットガラスの玄関ドアへと客を迎え入れる。

〈フレンド・インディード〉がダンスパーティの会場にブリル邸を選んだ理由がわかった。マイアミでもっとも美しい邸宅の一つだからだ。それに加えて、ほどよい広さが親密な雰囲気をかもし出し、アイリーンは小切手を集めてまわりやすくなる。ケインのポケットにはびっくりするほどの金額の小切手が入っていた。それはリズに成功してほしいからだ。

リズ。

今、思い浮かぶのは、妊娠に大喜びしつつも、僕に告げることができず、流産して悲しみに打ちひしがれながら、僕に頼ることができない彼女の姿だ。

ケインはそんなことを思い浮かべた自分に頭の中で悪態をついた。ちょうどそのとき、レオナードが玄関のドアを開けた。

「ケイン！　ようこそ」

ケインは笑顔をこしらえて玄関に入った。「こんばんは、ミスター・ブリル」

「レオナードと呼んでください」年上の白髪まじりの紳士はケインを右手へ案内した。「皆さんは舞踏室にいますよ」

大広間に入っていくと、ケインは緊張した。大勢の人々をざっと見渡し、芸術品を眺めた。それらはこの催しの一環である、紙に書いて入札する形式のオークションのために寄付されたものだ。部屋の奥の隅では、弦楽四重奏団がダンス音楽を演奏している。

　リズの姿は見あたらなかったが、彼女がいることは知っているので、胸がどきどきしはじめた。ケインは頭を振った。そのことは忘れなければ。リズを自由にしてやるんだ。彼女の愛を受けるにふさわしい誰かを彼女が見つけられるように。

　ところが、ケインがアイリーンとの約束を果たすべく、寄付をしてくれそうなブラッド・コールマンという人物と会話を始めてたったの十分で、リズを見つけてしまった。話をしながら、こっそり室内に視線を走らせているうちに、何人かの女性と生き生きと会話する彼女を見つけたのだ。

　ケインはそのときまで彼女のことを見落としていた。美しい黒髪が肩に下ろされておらず、ポニーテールでも、団子状のまとめ髪でもなかったからだ。今、品よく結いあげられた髪が、彼女をプリンセスか貴婦人のように見せている。

　ケインは視線を下に移動させたとたん、肺からふうっと息がもれた。肩ひものない赤いドレスは体に張りつくというより、むしろ体の曲線をやさしく包んでいる。彼がごくりと唾《つば》をのんだちょうどそのとき、リズが体の向きを変えて彼に気づいた。彼女がためらいがちにほほえむ。ケインの胸は愛とよく似た感情でいっぱいになった。しかし、彼はその感情を抑え込んだ。

　僕は彼女にはふさわしくない。ふさわしかったこともない。

「リズと夫婦だったことをどうして教えてくれなかったの？」

　振り返ると、そこにブラッドはおらず、代わりにアイリーンがいた。

「関係なさそうだったので」

彼女は笑った。「あらあら。なにが関係あるかなんてわからないわよ」

妻から妊娠を教えてもらえなかった者としては、反論できなかった。

「今夜の彼女はとてもきれいじゃない？」

ケインはアイリーンの視線をたどった。体の曲線に添うようなドレスと、みごとなグリーンの目の輝きを見ると、彼の血は全身を駆けめぐった。

「そうですね。彼女はきれいだ」

「ダンスを申し込むべきよ」

「やめておきます。実は……」ケインはポケットから小切手を取り出した。「これをあなたに渡しに来ただけなんです」

アイリーンはその小切手をちらりと見てから、彼を見あげた。「しかるべきルートを経ずに小切手を渡そうとするのは、これで二回目ね」

「あなたがしかるべきルートだと思ったんですが」

「別れた奥さんに渡したいのかと思ったわ。そうすれば、彼女は感激して、あなたを誇らしく思うかもしれないもの」

まるで背中をぴしゃりとたたかれたみたいに、ケインは背筋を伸ばした。僕に関してリズがしないことが二つあるとすれば、それは感激することと誇らしく思うことだ。

ケインはアイリーンの手に小切手を押しつけた。

「あなたが受け取ってください」

アイリーンは彼の顔をじっと見つめた。「リズと話さなくていいの？」そして悲しそうにほほえんだ。「ケイン、これは間違っているわ。彼女は今夜あなたに会えるのを楽しみにしているのに、あなたは逃げるの？」

「信じてください。これは彼女のためなんです。僕のためではない」ケインが目を上げると、運のいいことに、アイリーンに頼んで招待させた客が見えた。「僕が招いた寄付者がいるんです」ケインはさっと動いた。「またあとで会いましょう」

　リズは人々の間を歩き、立ちどまって話をしたり、なにか必要なものはないか尋ねたり、みんなが楽しい時を過ごせるよう気遣ったりした。ダンス音楽の演奏は一時間ほど続いていた。人々が体をゆらしたり、くるくるまわったりしている。オークションは予定どおりに進んだ。それでもリズは歩きまわって自己紹介したり、ごく小さなことに気を配ったりした。

　さらに一時間がたち、ケインにほほえんだときに無視されたことはたいした問題ではないというふりをしてきたが、もう自分に嘘《うそ》はつけなくなった。彼は挨拶《あいさつ》さえしなかった。笑みを返しもしなかった。なぜケインは話しかけてくれないのだろう。もしも彼が流産のことを見かけほどうまく受けとめられなかったのだとしたら？　受けとめたふりをしていたのだとしたら？　妊娠を告げなかったことを怒っているとしたら？

　理由はこのうちのどれか、もしくは全部かもしれない。リズは彼を見つけ出して尋ねたかったが、するべき仕事があった。それに、誰にもとめられずに、五十センチの距離を進むこともできない。

　演奏が一時中断され、楽団のステージ用に少し高くなった壇上で、アイリーンがリズを隣に従えて、オークションの結果を発表した。

　落札者名簿の最後の名前を読みあげると、アイリーンは締めくくりの言葉を述べた。「今お呼びしたのが落札された方々です。その小切手がどこへ行くかはおわかりですね。本日はご参加くださいまして、まことにありがとうございました。〈フレンド・インディード〉は、皆様なしには存続できません。私たちが支援する女性たちに代わりまして、お礼を申しあげます」

人々から穏やかな拍手がわき起こり、しばらくしてからアイリーンは片手を上げて、拍手を静めた。

「また、リズ・ハーパーの尽力にも感謝したいと思います。彼女はこのパーティだけでなく、日ごろから当団体のために力を尽くしてくれています」

また拍手が起こった。

それが静まると、アイリーンが言った。「そして、ケイン・ネスターには特に心から感謝します。彼は私たちが支援する女性たちの家を修繕し、地域の中でもっともすてきな家にするために、時間と資材を提供してくださいました」

人々から拍手喝采《かっさい》が起こり、リズはケインを誇らしく思って涙がこみあげた。

アイリーンがリズの手をつかんで、マイクの前に引っ張った。

「皆さんのほとんどはご存じないことですが、リズはケインを手伝ってきました。最初は〈フレンド・インディード〉の連絡係としてでしたが、そのうちペンキの刷毛《はけ》を手に、作業にも励みました。ケインとリズは最強のチームです」アイリーンは感謝をこめてリズを抱き締めたあと、室内をざっと見渡した。

「ケイン？　どちらにいらっしゃるの？　次のダンスが始まったら、リズと踊ったらいかが？　そうすれば、皆さんにあなたがわかるでしょう？」

リズはぽかんと口を開けた。きっとアイリーンはケインが私に話しかけていないことに気づいて、引き合わせようとしているのだ。彼女はケインが子供の件で怒っていることも、私と話したくないことも知らない。

リズはどきどきしながら、ステージの上からケインをさがし、人垣のうしろで彼女を見つめている彼を見つけた。二人の視線がからみ合った。

　ケインはグラスに残ったシャンパンを飲みほし、通りかかったウエイターのトレイにグラスを置いた。公然とダンスを断って、リズに恥をかかせるつもりはない。それどころか、これは二人の関係を修正するにはちょうどいい機会だ。リズは僕とやり直したくない。僕はやり直す資格がない。だが、二人とも〈フレンド・インディード〉のために働いている。だから、一緒に過ごさざるをえない。おたがいを永遠に無視することはできない。

　ケインとリズがダンスフロアの中央で落ち合い、会場全体が静まり返った。ケインが彼女に腕をまわすと、ワルツの演奏が始まった。リズの甘い香りが二人のまわりで渦を巻いて、彼を誘惑する。リズがぴたりと体を寄せてくると、香りがさらに際立つ。ほかの人たちもフロアに出てきて、二人はすぐに幸せそうな人々に囲まれた。もう注目の的ではない。誰も二人を気にしていない。ケインはこっそり逃げることができる。

　ケインがダンスを終えようとしたとき、リズが体を離した。きらきらしたグリーンの瞳が彼の目をさぐるように見ている。

「大丈夫？」

「僕は大丈夫だよ」ケインはさりげなく言って、自分が元気なことを強調するために彼女をくるりとまわした。

　リズはまた体を離した。「でも、怒ってるわ」

　ケインは笑った。「そんなことないよ、リズ」

「あなたは怒って当然なのよ。赤ちゃんのことはもっと早く話すべきだったわ」

　リズの苦しげな声が、まるでガラスの破片のように切りつけて、ケインの勇気をくじいていく。僕は彼女のもとから去らなければならない。それだけではじゅうぶんでないかのように、彼女は事態を誤解している。

「ごめんなさい。本当に本当にごめんなさい」

ケインは苦しくて目をつぶりそうになった。そばにいてあげなかったのは僕だ。それなのに、彼女があやまるのか？

ケインは踊るのをやめて、リズの手を放した。

「やめよう」

「いやよ。一からやり直したいと言ったのはあなたよ。私たちなら――」

ほかの踊り手が危うく二人にぶつかりそうになった。ケインはリズのウエストをつかんで自分のほうに抱き寄せ、くるくるまわりながら、ふたたび踊る人々の中に入った。「言わないでくれ」彼女がそばにいると、息が苦しい。こんな状態では関係は続けられない。自分がどんなにひどい夫だったか知らないで、一からやり直したいだなんて最低じゃないか。今、彼女は生来の公平さからか、それともやさしさからなのか、もう一度やり直すつもりでいる。でも、そんな仕打ちは僕にはできない。

二人はなんとなく相性がいいと思っているが、その考えを忘れさせてリズを遠ざける唯一の方法は、彼女を傷つけることだ。最後に彼女を傷つけて、多くの罪の最後にもう一つ罪が加わったところで大差ない。

「君と仲直りしたいと言ったのは間違いだった。僕はひどい夫だった。君は僕と結婚するべきではなかったんだ。そろそろ僕たちは前へ進んで、忘れなくては。君は自由になるべきなんだ」

ケインはリズを放した。リズの驚いた表情が心に突き刺さったが、それを無視し、彼女に背を向けてダンスフロアを離れた。彼女を自由にしてやるのがいちばんんだ。たとえ心が引き裂かれても。

驚きながらも、リズは広い会場内を見まわし、やっとエリーを見つけて駆け寄った。「私、行かなくちゃならないの」

エリーが顔を曇らせた。「なんですって？」

「ごめんなさい」リズはエリーを引っ張って玄関ホールを走り、ドアへ向かった。「あとは最後の挨拶だけよ。正式な感謝の辞はアイリーンが述べたから、あなたはお礼の言葉とおやすみなさいを言えばいいの。できる？」

「もちろんできるけど――」

リズは最後まで言わせずにドアを飛び出して、石段を駆けおりた。噴水の水音を背後に聞きながら、銀色の月が照らす道を走って車へ向かった。そこに唯一たりないのはガラスの靴だ。なぜなら、リズもシンデレラと同じように王子様を失ったからだ。

昔のケインが戻ってきた。最悪なことに、そうさせたのは私だ。彼は赤ん坊の件では心の整理をつけたように装ったが、実際は結婚していた三年間にいた地獄にころがり落ちてしまったのだ。どうしようもなかった。私は隠しごとをしたまま、新しい関係を始めることはできなかった。

でも、私は彼を傷つけてしまった。かつて一言も告げずに彼のもとを去ったとき以上に。彼は決して私を許さない。

私は決して自分自身を許さない。

スカートの裾《すそ》をたくしあげて車に乗り込んだところで、リズはとんでもないことを思い出した。朝になれば、ケインと一緒に作業をしなければならない。あんなふうに拒絶され、ふられたあとで、朝にはフランの家へ行って、なにごともなかったふりをしなければならないのだ。

12

翌朝、ケインはフランの家の作業を辞退するため、アイリーンに電話しようかと思った。リズを傷つけたくはなかったが、彼女の人生を先に進ませるためにはそうしなければならなかった。自分が傷つけたリズを見て、彼女はもう一生手に入れられないと痛感しながら、八時間も一緒にいたくはない。僕は彼女にはふさわしくない。彼女を自由にしなければならない。

しかし、結局はフランの家を見捨てることができなかった。

ケインはフランの家のガレージ前にトラックをとめた。しかし、すぐにはドアを開けずに、トラックの横のなにもない空間を見つめて物思いにふけった。

「リズは来るよ」ビリーは、リズはどこだろうとケインが考えていると思ったに違いない。「彼女は絶対に誰も見捨てない。僕の母さんにきいてごらんよ」

ビリーの声は、奇妙にもリズに対する信頼とあざけりの両方が聞き取れた。単なるティーンエイジャーの不安定さかもしれないが、今朝ビリーが腹を立てるようなことがあったのかもしれない。ケインにはその判断がつかなかった。遅かれ早かれ聞き出すことになるが、今の気がかりはリズのことだった。彼女を作業からはずすには、次になにをしなければならないのだろう。

ケインがトラックのドアを開けて外に出たところに、リズの車がエンジン音を響かせながら私道に入ってきた。ケインは急いでトラックの荷台にまわり、クーラーボックスとピクニックバスケットに手を伸ばした。彼女と話したい、彼女に触れたいという欲求が飢えた獣のようになって抑えきれなくなる前に、その場を離れたいという思いがわき起こった。彼女と一からやり直せる方法があるなら、どんなことでもしただろうし、なんでも手放しただろう。でも、やり直すのは不可能だ。僕は彼女の人生を二度もだいなしにするつもりはない。

リズは車を降り、ピクニックバスケットを見て、弱々しく笑った。「またランチを持ってきたのね」

ケインはうめき声をあげそうになった。いくらリズがやさしくても、昨夜のように拒絶した僕を許すはずがない。それにもかかわらず、彼女は仲よくやろうとしている。僕を大目に見てくれている。

「ああ。ランチを持ってきたんだ」ケインはクーラーボックスをガレージに置き、ピクニックバスケットをキッチンに持っていった。

リズは彼のあとを追った。「今日はなにをするの?」

「寝室のカーペットを仕上げる」それは三人でやるほどの作業ではなかった。昨日はビリーと二人だけでできた。ケインはそれを口実にすることにした。「実は、ビリーと僕の二人でできる作業なんだ。君は昨日のパーティのためにいろいろやって疲れているだろう」まるでなにも問題がないかのように、ケインはさりげなくカウンターに寄りかかった。「君はこのまま家に戻れば?」

リズはあとずさりした。「私に帰れというの?」

「ああ」ケインは彼女の目に浮かぶ傷ついた表情を見て、流産したときに力になれなかったことをあやまりたくなった。どんなに罪滅ぼしをしたいか言いたくなった。二人が別れずに済む方法があればいいのにと。

リズはケインが考えを変えるのを待つかのように彼を見つめた。シンクの上の掛け時計が時を刻むにつれ、目が涙でいっぱいになった。彼女はなにも言わずに駆け出し、ドアから出ていった。

ビリーが驚いて首を振った。「気はたしかかい？」

「これは彼女のためなんだ」

リズのためとはいえ、もっとましな男を見つけるように仕向けることは、ケインにとっては最悪のことだった。

リズは午前も午後もオフィスにこもり、パーティの準備のせいで遅れた仕事を片づけようと忙しく過ごした。そのおかげで、ケインのことを考える暇はなかった。

私が流産のことを話したせいで、彼は心を閉ざしてしまった。でも、今回は世間を避けているようには見えない。私だけを避けている。

そのことを考えないようにして仕事に励むうちに、外が暗くなった。リズは頭を高く上げ、大きく力強く呼吸をして、車へ歩いていった。彼を失ったのは、これで二回目だ。でも、今度こそ本当に失った。その原因は、隠しごとをしているうちは、彼との関係を始めようとしなかったからだ。私は正しいことをした。その結果が思わしくなかっただけだ。

今はその結果を受け入れよう。

リズはコンドミニアムに帰り着くと、鍵《かぎ》を玄関のそばのテーブルの上にぽんと置き、Tシャツの裾《すそ》に手を伸ばしながらシャワーを浴びに行った。心地よいシャワーの水しぶきでさえ、ケインを失ったつらさは癒《いや》せなかった。私はケインの愛を失った。おまけに、彼が一生自責の念を抱きつづけることを知りながら生きていかなければならない。

リズはローブに身を包み、ココアを作るためにキッチンへ向かった。食器棚のマグカップに手を伸ばしたちょうどそのとき、携帯電話が鳴った。無視できればいいのにと思ったのは、この一週間で二度目だ。リズは泣きたかった。自分のためではなく、地獄の苦しみを味わっているケインのために。

しかし、休むことのない慈善団体の役員であるリズは、どの電話も無視するわけにいかなかった。電話機をつかみ、発信者がアマンダであることを確認した。「もしもし、アマンダ。どうしたの？」

「リズ！ リズ！ ビリーがいなくなったの！」

「いなくなったって、どういう意味？」

「今朝、喧嘩《けんか》しちゃったんだけど、ケインが迎えに来たので、そのままになってしまったの。午後にビリーが帰ってきたときに、喧嘩の続きをしてしまって」アマンダはわっと泣きだした。「あの子が将来父親みたいになるのがこわくて、言いすぎてしまったのよ。そうしたら、出ていっちゃったの。すぐに追いかけたけど、姿がなくて。道を右に曲がったか左に曲がったかさえわからなかった」アマンダは震える息を吸った。「心当たりは全部さがしたわ。でも、どこにもいないの」

リズは息が苦しかった。ビリーのことが心配でたまらない。「心配ないわ。私たちが見つける」

「どうやって？ 全部さがしたのよ」

「ケインに電話してみるわ」

「ケインに？」

「二人は仕事中にいろいろ話しているから。ケインが居場所を知っている可能性は高いわ。待ってて。彼と話したら、すぐに電話する」

「わかったわ」

リズは通話を切って、すぐにケインの携帯番号に電話した。彼に嫌われていることは考えないようにした。助けを求めても無視されるかもしれないということも。

「リズ？」

彼が電話に出たことにほっとして、リズはカウンターに寄りかかった。「ビリーがいなくなったの」

「いなくなった？」

「アマンダと喧嘩したのよ。彼女がちょっと言いすぎたらしくて、ビリーが家を飛び出したの」

少し沈黙したあと、ケインは言った。「ビリーの居場所に心当たりがある。でも、君は来てはいけない」

「絶対に行くわ！」今朝は仕事場から追い出せたかもしれないが、私はビリーに責任がある。彼の捜索から追い出されてなるものですか。

「ビリーは父親のところへ行ったんだと思う。もしもそうなら、危険かもしれない」

「そうね。でも、私はこういうときのために訓練を受けているのよ！ あなたは受けていない。どちらかが行くとすれば、それは私よ」

長い沈黙が流れた。とうとうケインはふうっと息をついた。「君一人を行かせるわけにはいかないから、一緒に行くしかないな。迎えに行くから、準備して。ところで、君のアパートメントはどこだ？」

リズは住所を教えて電話を切ると、寝室へ駆け込んでジーンズとタンクトップを着た。そして建物の前の歩道に出て待った。

ケインのポルシェが到着して、リズは飛び乗った。車はエンジン音を響かせながら走り、湿ったマイアミの空気が彼女のまわりで渦を巻いた。ケインが運転に集中しているので、リズは結婚していたころに大好きだったその車を見まわした。六年前、いろいろな問題が起こる前に、まさにこの車に乗って、このハイウェイを走った記憶がどっとよみがえった。とても楽しく感動的な思い出に、彼女は今の二人の間も万事順調だというふりをしたかった。

でも、それこそが二人の大きな問題なのだ。うまくいかないときに、うまくいっているふりをする。リズはそんなことはやめたし、ケインもそれは同じだった。彼女は二人が別れたことを認めなければならないのだ。

　ケインは隣に座っているリズのことを考えないようにして、ビリーが以前住んでいた家へ車を走らせた。ビリーたちが暴力的な父親と暮らしていた家だ。ビリーが母親への腹いせに、避難先を教えてしまわなければいいが。

　ビリーが以前暮らしていた地区が近づいた。正確な住所を知らなかったので、ケインは車のスピードを落とした。するとリズが深く息を吸う気配がした。

　ケインは思わず彼女の手を握った。「心配ない。なんとかなる」

　握った手の感触に、ケインは胸が痛んだ。触れるべきではなかった。しかし、彼女があまりに悲しげに見え、自分も不安だったので、つい手を握ってしまったのだ。リズにほほえみを向けられて、彼は胸が締めつけられた。彼女の信頼を得られるのなら、僕はなんでも差し出す。

　ケインは顔をそむけ、周囲を見まわした。

「ビリーの話だと、家から二軒先にバーがあって、道の向かい側のコンビニエンスストアによく行ったそうだ」ケインはポルシェを徐行させ、リズとともに周辺をさがした。

「バーがあるわ」リズが指さして叫んだ。「それと、コンビニエンスストアも」

「ビリーもいるぞ」ケインは小さな青い家の前に座っている少年を指さした。

　駐車スペースを見つけて車をとめ、二人は車を降りてビリーに駆け寄った。

「やあ、リズ」ビリーはリズからケインに視線を移した。「ケインも」

「やあ」ビリーは怒っているというより、悲しそうだった。ケインはさりげなくビリーの隣の縁石に腰かけ、リズはビリーをはさんだ反対隣に座った。

「お母さんが心配しているぞ」

ビリーは鼻で笑った。「母さんはいつも心配しているんだ」

「今回は正当な理由があるみたいね」リズが背後の家を振り返って指さした。「ここに住んでいたんでしょう？」

ビリーはうなずいた。

「お父さんはお留守？」

「かもね。知らない」

ケインはリズに会話をまかせた。こういうことに対する訓練を受けているのは、彼女のほうだ。

「家に入らなかったの？」

「自分のためにならないような気がしたんだ。母さんがよく言ってる」

ケインはくすくす笑い、リズは大笑いした。彼女の笑い声に安堵《あんど》が聞き取れた。ケインもほっとした。ビリーは逃げ出したが、最後の一歩は踏みとどまったのだ。きっと新しい生活を気に入っているのだろう。たとえ過去の生活が逃げ道のように思えるときがあっても、彼はそこへは戻りたくないのだ。

「そうね。たぶんそのとおりよ」リズは少し間を置いてから言った。「このこと、話したい？」

ビリーは肩をすくめた。「よくある話だよ」

「私は聞いたことないわ。だから話して」

「母さんはあらゆることにおびえているんだ」

リズは眉を吊《つ》りあげた。「それには正当な理由があるのよ、ビリー」

「僕は父さんじゃないし、父さんの過ちのせいで、僕がひどい目にあうのはうんざりだ」

ケインはぴんときた。「お母さんは君をどんなひどい目にあわせるんだ？」

「僕をどなるんだ。僕には門限まである」

「それはしつけだよ。母親として、君のためを思ってやっているんだ」

ビリーはケインをにらみつけた。「門限があるやつなんて、僕の知り合いにはいないよ」

「だから、君の友達の半分はやっかいなことに巻き込まれているんじゃないか」ケインはため息をついてリズのほうを見ると、彼女は励ますように目配せした。「なあ、信頼は、学校の先生が授業中にトイレに行くときにくれる許可証みたいに、手渡されるものじゃない。勝ち取るものなんだ」

思わずケインはリズのことを考えた。僕は彼女の期待を裏切ったのに、それでも彼女は信じてくれる。僕が自分を信じられないときも、彼女は信じてくれる。ずっと僕を信じてくれた。彼女を失望させても、次回は正しいことをするだろうと信じてくれる。

ケインは親指で背後の家を指しながら言った。

「信頼を勝ち取ることは簡単ではないけれど、過去に逃げ帰るべきではない。そんなことをしても、状況はそのままだ。過ちからはなにも学べない。欲しいものは手に入らない」そう言いながら、不思議な気持ちになった。まるで、ビリーにではなく自分自身に言っているみたいだった。

ケインは咳《せき》ばらいをした。

「お母さんの信頼を勝ち取るには、一つか二つ、なにかをしなければならない」

「たとえば？」

「門限に文句をつけずに、時間までに帰る。行き先をお母さんに伝える」ケインは親しげに肩をビリーにぶつけた。「学校の成績を上げる」

ビリーは鼻で笑った。

「改善の余地があることには賛成のようだな」

「たぶんね」

ケインはビリーの肩をぐっとつかんだ。「お母さんのところへ帰ろう」

ビリーは立ちあがった。「うん」

リズも立ちあがった。

「でも、まずは道を渡ってアイスクリームを買おう。お母さんはなにが好きなんだ？」

ビリーは目をしばたたいた。「チョコレートだけど。どうして？」

「過ちを犯したときには、プレゼントを持っていくに越したことはない」

リズとケインとビリーがアマンダの家の裏口からキッチンに入っていくと、アマンダがわっと泣きだした。

ビリーが茶色の袋を差し出した。「ごめんなさい、母さん。僕は怒るべきじゃなかった。母さんが決めるルールは僕を守るためのものだってわかってる。ちゃんと守るようにするよ」

アマンダは袋を受け取ったが、中も見ずにテーブルの上に置いて、不安だったことを涙声で話し、ビリーに抱きついて泣いた。

リズはケインと目が合い、帰ろうと身ぶりで示した。ケインはためらったが、リズがドアへ向かったので、彼もそのあとに続いた。

ケインは奇妙なことこの上ない感情に襲われた。自分には変えようのない遠い過去のことでみずからを罰しても、前へは進めない。なにも学べない。僕はずっと欲しかったものを――リズを――失おうとしている。彼女は僕を責めるような人ではない。僕は自分自身を責めつづけている。もしも彼女が正しいとしたらどうだろう。一生に一度だけ、自分を許したらどうだろう？

リズは歩道に出てから私道へ歩いていき、ケインの車に乗り込んだ。

二人の車に。

ケインは目を閉じ、唇を引き結んだ。リズは僕を許したいと思っている。僕が自分を許したいと思うのは、そんなに悪いことだろうか？

13

翌朝、リズは毛布にくるまってソファに横になり、熱いココアを飲んでいた。しかし、外の気温はずいぶん前に二十五度を超えていた。

一人寂しく、まんじりともせずに一夜を明かしたあとなので、ソファに起き出してきただけでも上出来だった。昨夜ケインが家に帰るようビリーを説得し、母親にお土産のアイスクリームまで買ってあげたとき、彼のよさが見て取れた。それなのに、本人は自分自身のよさをわかっていない。結婚をだめにした自分を許せないからだ。彼はそれを理由に、私と別れようとしている。私を自由にしようとしている。私は全身全霊で彼を愛しているけれど、彼が私を求めていないのなら、それを受け入れるべき時期ではないだろうか？　私はずっと一人では生きていけない。エリーには恋人がいるし、友人たちは結婚した。なのに、私は終わった結婚をまだ嘆いている。

ドアをそっとノックする音が聞こえて、リズはソファの背もたれから頭を上げた。出るつもりはなかったが、またノックが聞こえた。今度は強めの音だ。

訪問者が誰であれ、立ち去るつもりはなさそうだから、出たほうがいい。リズはソファから立ちあがり、心を落ち着けるために毛布を体に巻いた。ドアまで来ると、やわらかいその毛布をさらにしっかり巻いてから、ノブをつかんでドアを開けた。

ケインがほほえんだ。「ゆうべ家に帰って、ビリーにアドバイスしたことについて考えたんだが、僕は人と話すのが実はうまいんじゃないかと思ったんだ」彼はすっと息を吸った。「相手が君でなければ」

リズはふっと笑みをもらした。

「だから試しに話してみるよ。この一週間、ひどい夫だった自分にいやけがさしていたんだ」

「まあ、ケイン！」

「最後まで言わせてくれ。僕は本当に君を失望させたし、自分に腹が立った。でも、それにとらわれていてはいけないんだ」

リズの胸は期待でふくらんだ。ひょっとして彼が言おうとしているのは、私が聞きたいこと？　リズはもう少しドアを開けた。「中で話さない？」

ケインは狭いリビングルームに入った。部屋は整理整頓《せいとん》されている。彼はおずおずとリズにほほえみかけた。「ここまではうまく話せているかな？」

リズは笑った。お願い、お願いだから、彼が私の期待している方向に話を進めてくれますように。

「今のところ、上出来よ」

「よかった」ケインは息を吸って、リズの目を見た。「愛しているよ。君と再婚したい。過去の僕は変えられないが、もう絶対にあんな男にはならない」

「すごく上手よ」

今度はケインが笑った。「僕はみじめで、自分自身に腹を立てていた。でも、ビリーに言ったことを思い出して、僕にも前へ進むチャンスがあると気づいたんだ。でも、過去を振り返るのをやめなければ、前へ進めない。自分を罰したり、悲しみにひたったりするのをやめなければね」

「ケイン、私はつらい話をしたわ。あなたは一週間くらい気が動転して当然よ」

「過去の出来事のせいで、君を失いたくなかった。僕たちは変わった。だから今度はうまくやっていける」

「私もそう思うわ」

「よかった。実は計画を立ててきたんだ」ケインはリズの手を引っ張って、彼女を胸に抱き締めた。

リズは彼を見あげてほほえみ、ケインは彼女をじっと見おろした。すると、彼の兄の死から現在までの不幸な六年間が消え去った。ケインはダラスから飛行機に乗った当時のままに若々しく幸せそうに見えた。結婚していたころとは違い、彼の目は後悔の念で曇ってはいない。まさに彼女のケインだ。

リズは目をそらすことができなかった。彼の顔が近づいてきたとき、キスされるとわかった。

二人の唇が軽く触れ合った。彼にキスされること、触れられることがとても心地よくて、リズはキスを返した。彼と夫婦だった三年間、ずっとこれを待ち焦がれていた。二人は愛情をなくしたことはなかったが、一緒にいて、つながっていたいという欲求を失ってしまった。幸せで、楽しくて、おたがいの存在をありがたく思ってするキスをしなくなってしまった。このキスはそういうキスだ。幸せなキス。あなたと知り合えてうれしいというキス。

ケインはゆっくりと体を離した。「誓うよ、僕は二度と君を傷つけない」

「わかってるわ」目に涙があふれたが、リズはそれをまばたきでこらえた。今は涙はふさわしくない。たとえうれし涙でも。「この新しい関係はどこから始めるべきかしら？」

「最初から。僕が食べ物を用意する間に着替えてきたら？ それからボートに乗らないか？ 普通のデートみたいに」

「デート？」

「両思いの二人は、結婚するべきかどうか確かめるために、ちょっと特別なことをするものだ。そのステップを僕たちは飛ばしてしまった」

リズは笑った。「いいわ、そうしましょう」

ケインはチーズサンドイッチとスープの昼食を作り、リズはショートパンツとタンクトップに着替えた。彼らはその日の残りを海の上で過ごした。次の週末と、それから六カ月間の週末、二人は昼は〈フレンド・インディード〉の家の修理をして、夜はケインの社交の場に数え切れないほど参加した。クリスマスはフィラデルフィアに住むリズの母と姉と妹のもとで過ごし、元日はカンザスに住むケインの両親のもとで過ごした。

一月二日にマイアミに戻ったとき、ケインはリズを自分のオフィスへ誘い、デスクの端に座らせて、いちばん下の引き出しから宝飾店の箱を取り出した。

「開けてごらん」

リズは素直に、しかしクリスマスプレゼントはすでにもらっていたので、心して小箱の蓋《ふた》を開け、目を見開いた。エンゲージリングのダイヤモンドがとても大きかったのだ。

「大きすぎるわ！」

ケインは笑った。「僕の仲間内では、五カラットは標準的な大きさだよ」

「私の仲間内とでは大違いね。でも、指輪は気に入ったわ。もらっておくわね」

「それはイエスという返事？」

「なにか質問されたかしら。思い出せないわ」

ケインは片膝をついて、リズの手を握った。「僕と結婚してくれるかい？」

これが現実の出来事だとは信じられないまま、リズは唇をぎゅっと結んで、涙をこらえてから言った。

「条件が二つあるの」

「言ってみて」

「きちんと結婚式を挙げること」

ケインは同意してうなずいた。

「そして、今の私たちのままでいること」

ケインはにっこりした。「僕も今の僕たちは好きだ」

リズは笑った。二人がなごやかに話せること、数少ない言葉で多くが伝わること、本当に二人でやり直せることがうれしくて、リズの胸は高鳴った。

「あなたは幸せ者よ」

ケインは立ちあがってキスをした。「本当にそうだ」

彼がキスをやめたとき、リズは引き出しの中に奇妙にふくらんだマニラ封筒があることに気づいて、サンダルの先でそれに触れた。「これはなに？」

「なんだったかな」

ケインは椅子に座って、その封筒をつかんだ。気泡シートの包みを取り出して、包みを開く。

「きっとお父さんからね。気泡シートでぐるぐる巻きにする人は、あなたのお父さんぐらいしか知らないもの」

ケインは笑ったが、包みから出てきたのは、リズと再会した週末に父親から届いた家族写真だった。

「なんなの？」

ケインはうつむいて、悲しみが襲ってくるのを待った。しかし、悲しくはならなかった。「家族で最後に撮った写真だ」

リズは彼の手から写真立てをとった。「いい写真。でも、妹さんの格好はパンクバンドもお断りね」

ケインは笑った。「そうだな」

リズはデスクマットの正面に写真を置いた。「ここに置くべきよ。毎日見えるところに置いて、すばらしい家族がいることに感謝するの」

ケインはほほえんだ。リズはこの数カ月で僕の人生を変えてくれた。僕を殻の中から引っ張り出して、慈善活動をさせ、二度と幸せになる自信がなかった僕を幸せにしてくれた。

文句なく大成功じゃないか？　なにより、リズが再婚すると言ってくれたのだから。

「君の言うとおりだ」

エピローグ

六月のケインとリズの結婚式の日は、マイアミ史上もっとも暑い日となり、リズは肩ひものないドレスにしてよかったとつくづく思った。

　運河のほとりに建つブリル邸の裏庭で、二人は前途を祝して乾杯した。今回は家族や友人に囲まれている。リズの母と姉と妹、ケインの両親と妹がついに顔を合わせた。二つの家族は昔からの知り合いのように打ち解けた。

　ケインの両親は、息子が慈善活動に打ち込み、その理事会のメンバーと活動に助けられた女性たちの多くが式に出席してくれたことをとても喜んだ。

　リズの母は、娘がずっと愛してきた男性と再婚するのを見て喜び、それ以上に、娘が事業で成功したことを誇りに思った。リズの姉と妹は、エリーやアマンダとともに花嫁付き添い人《ブライズメイド》を務めた。なんとビリーは花婿付き添い人《ベストマン》を務め、乾杯の際には、将来の展望もほとんどない子供だった自分が、二人のおかげで可能性は無限大だと信じられる男になれたと、おもしろくも感動的な祝辞を述べた。

　パーティがお開きになり、ケインはリズを連れ出した。幌《ほろ》を開けた二人の愛車のポルシェを走らせ、いくつか角を曲がって自宅へと続く通りに出た。

「なぜ家に帰るの？」

「びっくりさせるプレゼントがあるんだ」

　風でベールがうしろになびく。リズは笑った。

「そんな時間があるの？」

「僕たちなしでパイロットは出発しないよ。ほかに乗客がいないんだから」

　数分後、二人はケインの家の玄関前に立った。彼がドアを開けてリズを先に入れ、階段へ案内した。

リズはチュールのスカートを持ちあげて先を急いだ。「この何週間か、あなたは私の家で眠りたがったけど、それには理由があるとわかっていたわ」

「うまくごまかせたと思ったのに」

リズは振り返り、彼の唇に音をたててキスをした。

「ぜんぜんよ」

ケインは笑い、使っていない寝室のドアを開けた。

「まあ、ケイン！」リズは信じられない思いで、美しい子供部屋を見つめた。「自分で改装したの？」

「デザイナーを雇ったんだ」

「すごいわ。でも……まだ妊娠もしていないのよ」

ケインはリズを抱き締めた。「わかってる。僕が今度こそ、そばにいることを信じてほしくてね。絶対に離れないよ。君と同じ目をした女の子と、釣りに連れていける男の子が欲しいな」

ケインはリズにキスをした。ゆっくりと夢見心地で始まったキスは、すぐに熱く激しくなった。

床に押し倒されるとリズが思ったそのとき、ケインが耳元でささやいた。「主寝室にはシャワーがある。ヨーロッパ旅行に備えて着替える前に、愛を交わしてシャワーを浴びられるよ」

「飛行機で着替えることになっていたはずよ」

ケインはリズの首筋をついばんだ。「計画変更だ」

彼はリズをさっと抱きあげて、二人の寝室へ運んだ。その間にリズは彼のネクタイをほどき、床に下ろされると同時に、それをドレッサーのほうへほうり投げた。ケインがドレスのファスナーを下ろすと、白いドレスが床に折り重なって落ちた。

白いレースのブラジャーとショーツ姿のリズに、ケインは息をのんだ。「きれいだ」

リズがケインにキスをして、彼のシャツのボタンをはずす。「あなたも悪くないわよ」

ケインはリズの下着をとり、シャワーへと運んだ。

ハートに きらめきを
ハーレクイン

ミリオネアの償い
2011年5月5日発行

著　　者　スーザン・メイアー
訳　　者　佐藤利恵（さとう　りえ）

発 行 人　立山昭彦
発 行 所　株式会社ハーレクイン
東京都千代田区外神田 3-16-8
電話 03-5295-8091（営業）
03-5309-8260（読者サービス係）

印刷・製本　大日本印刷株式会社
東京都新宿区市谷加賀町 1-1-1

編集協力　株式会社風日舎

ISBN978-4-596-22166-7 C0297

超人気作家リン・グレアムが描いた異色の2部作

幼い頃から私を守ってくれたアレクセイ。プレイボーイな彼を愛してしまったけれど、今は有能な秘書として尽くすしかなくて。

〈永遠を誓うギリシア〉

『ボスのプロポーズ』

●ロマンス
R-2614
5月20日発売

作家競作ミニシリーズ〈シークの憂い〉最終話

国を追放されていたシーク。父の死をきっかけに11年ぶりに帰国するが、砂嵐でヘリコプターが墜落してしまう。気がつくと、美女に介抱されていた。

アニー・ウエスト作

『彗星の輝く砂漠で』

●ロマンス
R-2618
5月20日発売

マリオン・レノックスが贈る華やかなロイヤル・ロマンス

半信半疑で引き受けた豪華ヨットでのシェフ兼クルーの仕事。仕事をくれたラモンが王子だとも知らず、彼と船での生活をともにするうちに…。

『今宵ワルツを』

●イマージュ
I-2170
5月20日発売

ミシェル・セルマーの〈愛の国モーガンアイル〉続編!

土地の権利を狙って、巧みにロイヤルファミリーに近づく大地主ギャレット。無邪気な王女ルイーザはパーティで彼と出会うが…。

『恋を夢見る白雪姫』

●ディザイア
D-1450
5月20日発売

マリー・フェラレーラがニューヨークを舞台に描くロマンス

研修医のマルヤは、夜道で男性をはねてしまい、自宅で手当てをした。彼はすぐに姿を消したが、1週間後、マルヤの働く病院に現れ…。

『離せない唇』

●ラブ
HL-5
5月20日発売

ハーレクイン文庫でもおなじみのトレイシー・シンクレア

突如ぶどう園を経営することになったサニーは、ワイナリーオーナーのリャンと出会う。彼の強引さに反発しつつも次第に心奪われていき…。

『春のメランコリー』

●ラブ
HL-6
5月20日発売